땅형 땅생

우리의
청소년들에게
이 책을 드립니다.

· 청소년 소설 ·

땅형 땅생

글 · 그림 : 이승호

맑은샘

'마음의 강'이 있는가?

좌절과 고민을 뚫고 자아를 확립하는 청소년 시기. 그런 용기는 어디에서 얻을 수 있는가?

이야기 속의 똥형 똥생, 석동과 정우는 좋은 친구라고 할 수 있다. 누구나 좋은 친구를 원할 것이다. 하지만 좋은 친구는 어떻게 탄생하는가? 먼저 자신이 좋은 친구가 되어야 한다.

좋은 친구란, 좋은 생각을 하는 친구다. 더 의미 있는 목표를 만들어 가는 친구다. 서로를 세워 주고 발전하도록 돕는 친구다. 그런 우정의 시작은 무엇일까?

'마음의 강'이라고 생각한다.

'마음의 강'이 있다는 것은, 우리의 감성이고, 옳은 것에 대한 신념이고, 행동하게 하는 잔잔한 움직임 같은 것이다. 남을 배려하고 동정하는 이타심이지만, 그렇다고 약하지 않다. 필요할 땐 강한 힘으로 작용한다.

'마음의 강'을 품은 사람인 것이다.

먼저, 청소년 시기에 자기 물음이 있다면, 그 일을 해야 할 좋은 동기를 갖게 될 것이고, 그것은 마음에서 자라나 숨길 수 없게 될 것이다.

우리에겐, 언제 어느 때 '뜻하지 않는'이라는 이름의 불행이 닥칠지는 아무도 모른다. 장애, 시련, 고통, 이 모든 것은 인내를 요구한다.

이야기 속의 석동과 정우는 우리에게 작은 희망을 준다.

어떤 경우라도 좋은 생각만이 좋은 결과를 만들어 낼 수 있다는 믿음 말이다. 그러므로 좋은 결과를 얻고자 한다면, 좋은 생각이 시작이어야 한다.

우리에게 '마음의 강'이 있어야 할 이유다.

『똥형 똥생』 이야기가 독자에게 작은 도움이 되기를 바란다.

2023년 봄. 이승호

[차례]

머리말

· 1 ·
할아버지의 강

"여보, 웬 강아지를 가지고 왔어요?"

"사고가 났어요."

"사고라니요?"

"우리 동네에 주인 없이 떠돌던 누런 개 있잖수?"

"있지요. 지난가을에도 '숙자네' 구멍가게 근처에서 먹이를 물고 싸우는 것을 본 적이 있어요."

"사람들 말로는, 동네 어귀에 오랫동안 사람이 살지 않아 귀신 나올 것 같다는 붉은 벽돌담 집에, 옛날 이 동네 살다가 떠났던 민 씨가 어떤 여자를 데리고 와서 살았대요. 그곳에 떠돌이 개가 오니까 자기들처럼 처지가 불쌍하다는 마음이 들어 여기저기서 먹을 것을 주고 거두어 주었나 봐요. 그 사이에 떠돌이 개는 살이 오르고, 아마 그때 새끼를 배었다는 거야. 그런데 민 씨는 그런 사실을 몰랐겠지. 겨우내 놀던 민 씨는 날씨가 풀리면서 서울 쪽에 막노동할 거리가 생겼다면서 여자만 데리고 급히 떠났다더군.

빈집에서 먹지도 못하고 새끼를 낳은 떠돌이 개는 젖이 나오지 않으니까, 먹이를 찾아 이리저리 다니다가 사고를 당한 모양이야. 참 그런 일이….”

“불쌍해서 어쩌지요. 이게 그 떠돌이 개의 새끼인가요?”

“그렇지요. 읍내로 가는 신작로 공사 중에 흙 나르는, 그놈의 커다란 ‘앞사바리[1]’에 깔려 죽었대요. 그놈이 ‘빵’ 하고 경적을 울리니까 차량으로 뛰어들었다는 거야.”

“에구머니, 바퀴에 깔려 죽었네요?”

“그렇게 된 거지. 가죽이 벗겨지고 창자는 튀어나왔대…….”

“아주 끔찍했겠어요.”

“어떤 사람은 ‘어미 개가 놀라서 엉겁결에 그랬을 것이다’, 또 어떤 사람은 ‘개가 차에서 3~4m 떨어져 있었는데, 일부러 자살하려고 뛰어들었다’ 하는 거야. 이 사람 저 사람 서로 말이 많아.”

“쯧쯧”

“새끼가 네 마리였다는데, 튼실한 놈들은 다 가져가고 이게 아무도 가져가지 않은 한 마리였어요.”

“무녀리[2]였나 봐요?”

---

1 앞바퀴가 4개 달렸다고 해서 붙인 이름(일명 덤프트럭)
2 한배의 새끼 가운데 가장 먼저 나온 새끼, ‘처음 문을 열었다’라는 의미의 우리말.

"그럴 거야. 보니까 힘없이 눈이 감긴 채 깔려서 죽어 가고 있지, 뭐야."

할머니의 얼굴에는 안타까움이 느껴졌다.

"그러니 어쩌겠어요. 이게 우리의 몫이지요."

"잘 데려왔어요."

"여보! 우리가 잘 키워 봅시다."

할머니는 고개를 끄덕이며 강아지를 쓰다듬었다.

"에구, 귀여워라."

"우리 가족이 하나 더 생겼어요."

"그렇지요. 이 털 좀 봐요, 어찌 이렇게 보드랍고 사랑스러운지, 사람이나 짐승이나 어린것들은 다 귀여워."

"잘 자라야 할 텐데 걱정이네요."

"그러게요. 내가 젖이라도 나오면 물려 주고 싶구려."

"할머니, 강아지 먹을 것 좀 찾아보세요."

"네, 알겠어요."

"뭐가 있나?"

"당장 좁쌀죽이라도 쑤어야겠어요."

할아버지는 헛간에서 커다란 라면 박스를 찾았다.

"음, 이 정도 크기면 되겠어."

할아버지는 접합부에 테이프를 붙여 박스를 단단하게 만들었다.

"문을 내야지."

할아버지는 박스 한쪽 면의 중간을 사각으로 잘라 냈다.

"아주 그럴싸해. 이게 네 집이야."

강아지는 까부라져 있었다. 할아버지는 먹다 남은 감자를 으깨 물과 함께 주었다. 강아지는 조금씩 받아먹었다.

3월이 다가오지만 찬 바람이 느껴졌다.

"헌 옷이라도 깔아야겠는데…."

할아버지는 헌 옷을 찾아서 강아지 집에 깔았다. 강아지가 온기를 느끼게 하고 싶어서다. 할아버지가 물었다.

"여보 우리 강아지 이름을 무엇이라 하면 좋겠어요?"

"글쎄요."

"좋은 이름이 있을 텐데?"

"온몸에 누런 털이 있으니까, 그냥 누렁이라고 하는 게 어때요?"

"세련된 이름은 아니지만, 그래도 왠지 모르게 푸근하고 넉넉한 느낌이 드는 이름이네요."

"괜찮아요?"

"음, 누렁이라… 누렁이라…. 아주 좋아요!"

할아버지는 강아지를 쓰다듬었다.

"넌, 오늘부터 누렁이야. 알겠지?"

"웅~~~크~웅"

"네게 딱 맞는 이름이지 않니? 누렁이, 어때 맘에 들어?"

"크~~~응"

"누렁아, 그게 대답이야?"

"으~응"

할머니는 누렁이를 보면서 흥얼흥얼하셨다.

"누렁, 누렁, 누렁이

　누렁, 누렁, 잘 먹고

　누렁, 누렁, 누렁이로

　누렁, 누렁, 하면서

　누렁, 누렁, 행복하게

　누렁, 누렁, 살자꾸나

　누렁, 누렁, 알겠지?"

"우리 누렁이가 자라면 누렁 옥이 될거나? 아니면 누렁 금이 될거나? 누렁 옥이 되어도 좋고, 누렁 금이 되어도 좋다. 누렁 옥도 되고, 누렁 금도 된다고? 그렇다고? 대답해야지?"

"끄~으응"

"알았어."

저녁이 되었다. 할머니는 노란 좁쌀죽을 쑤었다. 누렁이는 작

은 접시에 부어 주니 깨끗이 비우고 그릇을 핥고 있다. 두어 숟갈을 더 주었다. 그것도 깨끗하게 먹어 치웠다.

어둠이 찾아오니까 누렁이가 끙끙한다. 어미가 그리운 것일까? 누렁이가 살살 꿈틀거리며 할머니 곁으로 파고든다.

"여보, 우리 누렁이 다 클 때까지 방에서 키워야겠지요?

"그럽시다그려."

며칠 후였다. 할아버지는 아침 일찍 일어나 이것저것 낚시를 챙겼다. 물고기를 잡아서 누렁이에게 주려는 것이다.

"우리 누렁이가 하루 종일 이 할아버지만 빤히 보고 있어요."

"누렁이가 '제발 맛있는 것 좀 주세요. 누렁이는 배가 고프단 말이에요. 먹어도 먹어도 배가 고프고 자꾸자꾸 먹고 싶어요.' 하는 것이지요."

"맞아요. 요즘 며칠 사이 제법 살이 오른 것 같아요."

"손에 잡히는 게 달라요."

"좀, 똘똘해졌어요."

"다행이지 뭐예요."

"그게 다 할머니 정성이지요."

할아버지는 낚시 가방을 어깨에 걸치고 누렁이를 들어 가방 위에 올렸다.

"누렁아! 이 할아버지가 너 때문에 그냥 있을 수가 없단다. 할아버지 마음이 급해!"

누렁이는 고개를 들어 할아버지를 쳐다보았다. '할아버지, 힘들게 해서 미안해요.' 하는 것 같다.

"물고기를 잡으러 가자!"

누렁이가 좋아하는 것이 느껴졌다. 누렁이는 끙끙 소리를 낸다. '빨리 가요.'라고 대답하고 싶은 것이리라. 할아버지는 집에서 2km쯤 떨어진 강으로 발걸음을 옮겼다. 그곳은 할아버지가 오래전부터 낚시하던 곳으로 강물 흐름이 조금 빠르고, 가장자리는 물이 돌아 나간다.

"다 왔어, 다 왔다."

할아버지는 낚시 가방을 내려놓았다.

"됐다."

접이식 의자를 펴 놓고 자라를 잡았다.

"이제 미끼를 준비해야지."

할아버지는 낚시에 문제가 없는지 살펴보았다. 그리고 강가로 천천히 내려갔다. 미끼로 사용할 지렁이를 몇 마리 잡으려는 것이다. 흙과 모래가 적당히 섞인 곳을 찾아서 큰 돌을 들춰내고 바닥을 팠다. 지렁이가 꿈틀거린다. 큰 놈으로 예닐곱 마리를 골라 비닐봉지에 넣었다.

"누렁아, 이제 낚시하자."

할아버지는 지렁이를 낚싯바늘에 정성스럽게 끼었다. 할아버지는 낚싯대를 힘차게 휘둘렀다. 낚싯줄이 길게 풀려 나갔다. 하지만 원하는 위치가 아니었다.

낚싯줄을 감고 던지기를 몇 번 더 했다. 이번에는 원하는 장소에 잘 던져졌다. 이곳은 물의 흐름이 조금 느리고, 전부터 물고기가 잘 잡히던 곳이다. 할아버지는 낚싯대를 받침에 고정했다. 두 번째 낚싯대도 그렇게 했다. 할아버지가 챙겨온 강아지 먹이를 주머니에서 꺼내어 손바닥에 올려놓으니 누렁이가 먹고 또 먹었다.

"누렁아! 누렁아!"

"크으응 크으응"

"조금만 기다려 보자, 알겠지?"

"킁~ 킁~"

"누렁아, 이 강은 불쌍한 우리 누렁이를 벌써 다 알고 있을 거야. 널 생각하고 있단 말이야. 암, 그렇고말고."

"으~응, 으~응"

"무슨 물고기를 주시는지 기다려 보자."

"킁킁"

"피라미가 잡힐거나, 붕어가 잡힐거나, 쏘가리가 잡힐거나, 누치가 잡힐거나? 납자루, 꺽지, 쏘가리, 갈겨니, 건달 놈 끄리도 좋다. 모두 나오라!"

봄바람은 키질하듯, 이리저리 까불어 대면서 변덕을 부렸다. 할아버지는 바람을 등지고 낚싯대를 보면서 누렁이를 만져 주고 있다.

"엊그제 우수 경칩이 지났는데…."

음지에는 잔설이 희끗희끗 보이고, 따뜻한 양지쪽에는 어느새 새싹들이 뾰족뾰족 올라와 봄을 알리고 있었다. 눈이 많이 내리고 지독히 추웠던 지난겨울을 모질게 이겨 낸 생명이 주는, '산다는 것'에 대한 경이로움이 느껴졌다. 햇볕은 더없이 따스하고, 공기는 상큼하고 향기로웠다. 할아버지의 생각은 온통 누렁이에게 있다.

"우리 누렁이가 튼실하게 자라야 할 텐데 걱정이다. 말 못하는 짐승이지만 사람과 똑같아. 어느 날 갑자기 어미가 죽어서 고아가 된다면, 서럽고 배고프고 어미가 그립겠지?"

"끄~응"

"어쩌겠니? 할아버지하고 살아야지."

"끄~응"

"할아버지하고 '오래오래' 언제까지나 함께 사는 거야. 알겠지?"

"끄~응"

할아버지는 누렁이를 가슴으로 들어 올리셨다. 할아버지는 낚싯대를 응시했다.

'물고기를 꼭 잡아야 하는데….' 할아버지는 누렁이가 물고기를 먹으면서 꼬리를 흔들고 쩝쩝하며 입맛을 다시는 모습을 떠올리고는 미소 지었다.

그때다. 낚시 부표가 위아래로 움직이고, 낚싯대의 흔들림이 느껴졌다.

"감이 왔어!"

할아버지는 낚싯대를 힘차게 낚아챘다. 그리고 낚싯줄을 감았다.

"붕어다."

제법 큰 놈이었다. 20cm는 넘을 듯하였다. 할아버지는 낚싯대를 세우고, 낚싯줄을 손으로 당겼다. 바닥에서 퍼덕이는 붕어가

잡히지 않아 면장갑을 끼고 낚싯바늘을 빼냈다. 그리고 손바닥에 놓고 크기를 가늠해보니 25cm는 되었다. 할아버지는 붕어를 들어서 누렁이에게 보여 주며 이야기했다.

"누렁아! 이게 뭔지 아니? '강의 마음'이란다. 강은 다 생각이 있어 너를 위해 마음의 선물을 한 거야."

할아버지는 붕어를 바구니에 넣고 뚜껑을 닫았다. 다른 낚싯대에도 입질이 왔다. 할아버지는 서둘러 낚싯대를 휙 들어 올렸다.

"저놈은 뭐지?"

할아버지는 금방 알아챘다.

"갈겨니구나. 물고기들도 겨울에 먹을 것이 없었던 모양이야. 입질이 제법 오는 것 같아."

할아버지는 두 마리를 더 잡았다. 붕어, 갈겨니 두 마리, 꺽지, 이렇게 골고루 잡았다.

"우리 누렁이 먹을 것은 되겠다."

할아버지는 적잖은 만족감이 밀려오는 듯했다.

"오늘은 됐어."

할아버지는 낚시를 접으셨다.

"고맙구먼."

할아버지는 낚시를 접고 서 있다. 생각에 잠긴 듯 한참 동안 강을 바라보았다.

누렁이는 할아버지를 빤히 올려 본다.

"누렁아! 강이 말이여, 네가 가여워서 커다란 물고기를 선뜻 내어준 거야. 고맙지? 그렇지 않니?"

"으~~응~~으~"

할아버지는 어릴 때 강에서 놀던 기억을 떠올렸다.

"누렁아! 이 강은 할아버지의 어린 시절 놀이터였어. 여름이면 우리는 멱을 감았지. 한나절 물놀이를 하면, 매미는 맴맴 울어대고, 배는 꼬르륵꼬르륵 장단을 맞추었단다. 온종일 참외 하나로 배를 채웠지. 그래도 무척 즐거웠거든.

겨울에는 강이 꽁꽁 얼었어. 팽이치기며 얼음지치기도 하고 썰매도 만들어서 타고 놀았지. 겨울 물고기는 어떻고. 얼음 밑으로는 물고기들의 움직임이 보였어. 강가에 있는 바위를 망치로 때리면, 기절한 물고기들이 허옇게 뒤집히면서 떠올랐거든. 겨울 물고기는 별미지. 어죽, 매운탕 모두 맛있었단다.

2월쯤이면 강가에 큰 얼음을 깨서 배를 탔어. 그놈을 타고 강 이쪽저쪽을 이리저리 건너다녔어. 생각해 보면 자신의 모든 것을 내어준 고마운 강이지."

집으로 향하는 할아버지의 걸음걸이가 느려지고 있었다. 강은 할아버지에게 '젊은 날'이고, 애틋함이 켜켜이 쌓인 그리움이자 이타심을 키워 준 가르침이다.

언제부터인가, 강이 준 넉넉함이 할아버지 마음에도 흐르고 있었다. 쉼 없이 위에서 아래로 흐르는 강은 그렇게 할아버지의 마음이 되었다. '마음의 강'인 것이다.

"누렁아!"

"끄~으~응"

"집에 가면 맛있는 거 만들어 줄게."

"킁~ 킁~"

할아버지는 집으로 향하고 있었다. 그리고 무엇인가 아쉬운 듯 머뭇거리다가 무심코 뒤를 바라보았다. 강물은 한낮의 햇살을 받아 반짝반짝 빛났다. 마치 초등학교 운동회 날, 아이들이 흔드는 은빛 반짝이 같았다.

2

석동이

저녁 먹을 시간이었다.

"따르릉, 따르릉, 따르릉"

전화기 소리가 유난히 크게 들렸다.

"여보세요?"

"네, 어머니세요? 저 재우예요. 음….."

"아들아 별일은 없었니? 잘 지냈어?"

"음… 음…."

"왜, 그러니? 무슨 일이 있는 거야?"

"엄마, 안 좋은 일이 생겼어요."

"무슨 일인데 그러니? 말해 보려무나."

"아버지한테 먼저 이야기해 드릴게요."

"여보, 전화 좀 받으세요. 서울 석동 애비 예요. 뭔가 어려운 일이 생겼나 봐요."

"여보세요? 아버지세요? 저 재우예요."

"그래 무슨 일이냐?"

"집사람이 쓰러졌어요."

"며느리가 그렇게 됐단 말이지?"

"네, 며칠 전 공장에서 잔업을 하고 늦게서야 집에 돌아왔는데, 좀 피곤하다고 하더니 세수하는 중에 그만 쓰러졌어요."

"그래서 어떻게 되었니?"

"뇌졸중 진단이 나왔어요. 아무런 말도 못하고, 의식이 없어요. 담당 의사가 '코마[3]'상태래요. 어제 겨우 눈을 떴는데, 눈만 깜박깜박해요. 움직이지도 못하고 있어요."

"어찌 그런 일이 있다니…."

"아버지 이게 다 내 탓이라는 생각이 들어요."

"그게 어떻게 너 때문이겠니?"

"제가 직업이 변변치 못하니까, 아내가 일하다가 사고를 당한 것 같아요. 석동이 낳고, 몸조리도 못 하고 일했거든요."

"그래, 너도 다리가 불편하니 어쩌겠니?"

"아버지를 제가 모셔야 하는데, 늘 마음이 편치 못했어요. 그런데 아버지께 부담을 드리게 되어서 죄송스러워요. 제가 죄인이에요."

---

3 혼수상태

"무엇보다 애미가 걱정이다. 곧 회복해야 할 텐데 어쩌나?"

"당장 집사람 병간호가 문제예요. 매일 간병인의 도움을 받아도 석동이 우유 주랴, 기저귀 갈아 주랴, 목욕시키랴, 석동이 데리고 병원 왔다 갔다 하랴 저 혼자 하기가 쉽지 않아요."

"그렇겠지. 네가 얼마나 힘들겠니?"

"아버지, 엄마 좀 바꿔 주실래요?"

"그래, 좀 기다려라."

"엄마, 집사람이 뇌졸중이 심각해요."

"뇌출혈이란 말이니?"

"네, 의사 선생님이 일어나지 못할 수도 있다고 하셨어요. 그러니까 식물인간이 될 수도 있다는 말이지요."

"애비야, 마음이 너무 아프구나."

"엄마, 제가 옆에서 병시중해야 한대요. 두 시간마다 몸을 움직여 주어야 하는데 그걸 누가 할 수 있겠어요?"

"그렇겠구나."

"집사람이 움직이지 못하니까, 대소변도 받아 내야 하고 몸도 물수건으로 닦아 주고, 욕창이 생길 수 있으니까 마사지도 해주어야 한다는 거예요. 그러지 않으면 커다란 고름 주머니가 생기는데, 그게 터지면 가장 무섭대요. 엄마, 석동이를 엄마가 봐야 할 것 같아요."

"어쩌겠니, 그것은 너무 염려 말아라. 애미, 애비 마음은 오죽이나 하겠냐."

"어머니 고마워요."

"석동이가 태어난 지 3개월밖에 안 됐는데, 그 어린것이 애미와 떨어져야 한다니…."

"엄마, 다음 주까지 지켜보고 집사람이 움직이지 못하면, 주말에 차를 불러서 잠깐 내려갈게요."

"알았다. 집 안 청소하고 준비하고 있을 거마. 아들아, 이 어려움을 같이 헤쳐 나가 보자."

"아버지께도 말씀해 주세요. 너무 죄송해요. 안녕히 계세요."

"너도 몸조심하거라!"

"여보, 며느리가 의식만 있고 움직일 수 없대요. 그러니 석동이를 우리가 돌봐야겠지요?"

"그런 일이…. 석동이는 귀한 손주인데. 애미가 쓰러졌다니, 안타까운 마음을 금할 수 없구나!"

할아버지는 외아들이셨다. 그리고 할아버지의 외아들이 재우였다. 아들 재우의 외아들이 손주 석동이다. 석동이는 귀한 외동아들이다.

할아버지의 아들 재우가 초등학교에 들어가기 전의 일이다. 재우가 아이들과 철길이 있는 건널목에서 놀았다. 짐을 잔뜩 실은

'윙바디'가 빨리 지나가려다가 아이들을 보지 못했다. 어린 재우가 그만 바퀴에 깔렸다. 뒤를 따르던 승합차도 차량 먼지에 아이를 보지 못하고, 그 위를 지나가는 사고를 냈다. 재우는 슬개골과 정강이 근육이 모두 파손되었다. 한쪽 무릎과 다른 쪽 정강이를 절단하는 수술을 받을 정도로 끔찍한 사고였다.

며느리의 소식을 듣고, 할아버지와 할머니는 그때의 고통이 밀려오는 것만 같았다. 며느리는 양다리 장애가 있는 아들과 갓 태어난 손주의 발일 텐데, 또 그 발을 잃은 것이다. 석동이는 재우가 늦게 얻은 아들이고, 엄마의 젖과 보살핌이 꼭 필요한 시기인데, 엄마가 쓰러졌으니 참담한 심정이다.

며느리의 사고는 가족 전체에도 큰 불행이다. 할머니는 눈물을 흘리시고, 할아버지도 눈물을 훔치려고 그저 먼 산만 바라보았다. 그렇게 일주일이 지나갔다. 아들 재우가 손주 석동이를 데리고 내려왔다. 할머니 할아버지는 석동이가 태어나고 잠깐 본 적이 있다. 할머니와 할아버지는 석동이를 얼른 안았다.

"으앙~ 으앙~"

석동이는 울음을 터트렸다. 할머니는 귀엽다고 뽀뽀도 하고 연신 달래며 '자장자장 우리 손주 자장자장' 하며 다독인다. 다행히 석동이는 울음을 그쳤다.

"그럼 그렇지."

할머니는 다행이라는 듯이 속삭였다. 차에서 내린 기저귀 가방
에는 우유통, 우유병, 옷가지, 작은 목욕통, 모빌, 엄마가 미리 사
둔 그림 동화책들과 장난감이 담겨 있었다. 할머니는 그동안 석동
이의 얼굴을 다 읽었다는 듯이 '우리 석동이, 우리 석동이' 하신다.

"아빠! 힘내세요. 그렇지, 엄마! 얼른 일어나세요. 그렇지."

할머니는 계속 석동이에게 말을 붙였다.

"'석동이는 걱정 마세요. 건강하게 자랄 거예요.' 그러는 거야?
그렇지, 그렇게 말하는 거야. 그렇다고? 알았어~. 할머니, 할아버

지, 엄마, 아빠는 석동이 마음을 다 알아요. 힘을 내라고요? 알았어. 석동이도 힘을 내는 거다. 알겠지?"

할머니는 안타까운 마음을 감추고 그렇게 석동이와 눈빛 대화를 나누며, 약속이라도 하는 듯 많은 이야기를 하였다.

아들 재우의 얼굴이 말이 아니었다. 힘든 기색이 역력했다. 몸도 많이 야위었다. 그 모습이 IMF 때와 같았다. 아들 재우는 전자제품을 만드는 작은 공장을 운영했다. 그때 제일 많이 거래하던 납품처가 부도가 났다. 발주를 받고 만들어 놓은 물건을 보낼 수가 없었다. 그에 더해 거래처 여러 군데에 있던 미수금은 회수하기가 어려웠다. 직원 일곱 명에게 줄 월급이 계속 밀렸다. 자재를 구매했던 업체에서는 빨리 돈을 결제해 달라고 독촉했다. 9개월을 버티다 결국은 무너졌다. 작은 아파트를 팔아서 월세로 옮기고 납품하지 못해 쌓여 있던 물건은 시장 한편에서 헐값에 팔고, 공장 보증금을 빼서 밀린 직원들의 월급과 퇴직금을 겨우 주고 정리했다. 몇몇 직원들은 회사가 문을 닫는데 퇴직금이 뭐냐며 고사했지만, 그동안 고생한 것을 생각하면 조금이라도 더 주고 싶다며 모두 계산해 주었다.

결혼하고 몇 년이 안 돼서 IMF 사태가 터졌으니 아들 재우는 더욱 마음을 잡지 못했다. 몸도 마음도 지쳤던 것이다. 모두에게 살아가는 것이 어려웠던 시기에 부도난 업체 탓만 할 수가 없었다.

가족들은 큰 힘이 되었지만 당장 생활비가 걱정되었다. 직장을 얻으려고 해도 구할 수가 없었다. 인력 시장에 날일들은 더러 있었으나 육체노동을 하기에는 신체적으로 어려웠다. 그래서 그때부터 며느리가 생계를 꾸려 보겠다며 직장에 나가 일했다. 며느리는 시어른께 용돈이라도 드리고 싶어 했다.

그리고 얼마 전에 석동이가 태어났다. 며느리는 일주일간 출산 휴가를 쓰고, 다시 직장에 나갔다. 그러고 두 달이 지났을 때 갑작스러운 변을 당한 것이다. 손주 석동이가 태어나서 기뻐한 것이 엊그제 같았는데 말이다.

'오석동'이란 손주의 이름은 '클 석(碩)', '아이 동(童)', 즉 큰아이로 잘 자라 달라는 뜻으로 할아버지가 지어 준 이름이다. 아들 재우가 어린 나이에 사고를 당했기에 할아버지와 할머니는 그저 손주가 건강하길 바랐다. 석동이가 태어나기 전부터 할아버지 할머니가 '우리 손주 석동이, 우리 손주 석동이' 하면서 노래를 불렀다.

그렇게 할아버지와 할머니는 손주 석동이를 키우게 되었다.

3

유기견 누렁이

할아버지가 누렁이를 데려온 지 6개월이 되었다. 그동안 누렁이는 튼실하게 자랐다. 살이 오르고 털에는 윤기가 흐른다. 체구도 늠름하고 당당했다. 할머니 할아버지가 온갖 정성을 기울였기 때문일 것이다.

누렁이 어미는 누군가에게서 버려진 유기견이었고, 누렁이는 그 유기견의 새끼다. 유기견이 낳은 유기견 2세다. 생각해 보면 기막힌 일이다.

사람들은 좋지 않을 때, '뭐 이런 개 같은 경우가 다 있어!'라면서 '개'를 빗대어 말하곤 한다. 그런데 왜, 개에 비유하는가? 개가 무슨 행패라도 부렸다는 말인가? 사람들이 나쁜 행동을 하면 개에 비유하는 이유가 무엇일까? 개의 처지에서는 억울하겠다는 생각이 든다. 사람들은 도리에 어긋나는 경우가 많다. 하지만 개는 먹이와 본능에 충실하다. 그것이 개다. 개는 그 도리에서 한 치도 벗어나지 않는다. 주인이 개를 버렸다는 이야기는 있어도 개가 주인을 버리고 도망쳤다는 이야기는 들어 보지 못했다. 주인이 개에 대한 최소한의 도리를 지키면 그렇다는 것이다.

사람들이 개를 키우는 것은 개를 사랑하기 때문일까? 아니면 개를 키우는 그 자신을 사랑하기 때문일까? 보통 개를 사랑한다는 말은 앞의 질문보다는 뒤 질문에 가깝다. 그러니 개를 키운다는 말은 자신을 사랑한다는 말이다.

개를 사랑하는가? 그러지 않을 때가 많다. 그러니 개를 키운다고 동물애호가는 아니다. 이들에게 개는 하나의 액세서리와 같아서 싫어지는 이유가 생기면 쉽게 버릴 수 있다. 이 경우 개 같은 경우라기보다 개보다 못한 경우다. 살아 있는 동물을 버리다니 슬픈 일이다.

할아버지가 누렁이를 데려온 것은 개를 위한 것이다. 할아버지를 위해서가 아니다. 할아버지는 다리와 허리가 불편하고, 나이도 들어 개를 잘 키우기가 어렵다고 생각했다. 하지만 산 짐승이 버려져서 죽어 가는 것을 보고 그냥 돌아설 수가 없었다. 어려운 처지를 당한 사람에게 느끼는 깊은 연민 같은 것이다. 그래서 데려올 수밖에 없었다.

지금 누렁이는 그때의 일들을 잊었을까? 자신을 데려다 키운 할머니와 할아버지의 애틋한 감정을 알기나 할까? 아마 누렁이의 몸은 그때를 뼛속 깊숙이 새겼을 것이고, 그런 몸의 기억은 생각

을 뛰어넘는 무의식의 지배자가 되어 본능처럼 죽을 때까지 누렁
이로 살아갈 것이다.

누렁이는 할머니 할아버지에게 사랑을 듬뿍 받았다. 할머니는
누렁이를 안아 주었다. 누렁이가 점점 커졌을 때는 누렁이를 아
기 포대기에 업고 다녔다. 누렁이는 할머니 등을 포근하게 느꼈
던지 아무런 걱정도 없는 아기처럼 곤히 잠들곤 했는데 자기를
낳은 어미 개를 본 적 없는 누렁이는, 할머니에게 처음 느꼈을 촉
감과 냄새 때문에 할머니를 어미로 생각했으리라.

누렁이는 자신을 볼 수도 없으니까 매일 할머니 할아버지를 보
면서 자신도 자라면 저런 모습일 거라고 그려 보았을 것 같다.

할머니 할아버지는 자신과 달리 털은 없지만, 무엇인가를 입고 이야기도 하며 먹을 것도 늘 챙겨 주는데, 구수한 냄새도 나고 두 발로 성큼성큼 걷기도 한다. 누렁이는 그 모습을 보고 '우리 부모님은 사랑도 많고 참 신기한 분들이네. 나도 자라면 키도 크고 두 발로 걷게 되겠지? 저렇게 몸에 무엇을 걸치고서 다닐 거야. 나도 우리 부모님처럼 사랑이 많을까? 나도 그래야겠다.' 하고 다짐했을 것이다.

할머니와 할아버지는 누렁이를 3개월 동안 안방에서 키웠다.

개는 주인을 닮는 것일까? 누렁이가 그렇다. 무척 순하다. 눈을 보면 깊은 우수에 잠긴 것 같다. 어리지만 모든 것을 겪은 녀석이라 생각 깊은 어른처럼 느껴진다. 벌써 철이 든 것일까? 누렁이는 고개를 약간 비스듬하게 해서 쳐다보는데, 제법 의젓하고 듬직함이 느껴진다.

그래도 누렁이는 온종일 할아버지나 할머니를 따라다닌다. 그러고는 꼭 앞에 앉아서 무엇을 하든지 호기심 어린 눈으로 쳐다본다. 그 모습이 진지해서 허투루 대할 수가 없다. 누렁이는 할아버지의 눈을 쳐다보다가도 어느새 손을 보고 있는데, 마치 무엇이든 꼭 배워서 나중에 할머니 할아버지를 도와주려는 것만 같다. 아니 보답이라도 하려는 자세다. 할아버지가 작은 도끼로 나무를 팰 때는 '이 누렁이도 한번 시켜 주세요.'라고 애원하는 것처럼 느껴져서 안쓰럽기까지 하다. 패던 나무가 멀리 튕겨 나가면 누렁이는 쏜살같이 달려가서 물어 온다. 말 잘 듣는 손주라고나 할까?

누렁이는 할머니 할아버지의 말벗이기도 하다. 누렁이에게 이런저런 얘기를 하면 누렁이는 이런 얘기 저런 얘기를 듣는다. 종일 이야기해도 싫증 내지 않고, 눈을 마주하며 듣는다. 할아버지 할머니의 감정이 그대로 전달되는 것 같다.

할아버지는 가끔 할머니에게 이런 이야기를 한다.

"여보! 만약에 누렁이가 말을 한다면 무슨 말을 하겠소? 할머니의 생각은 어때요?"

"글쎄요. '먹을 것을 주어서 고맙습니다.' 하지 않을까요?"

"그럴까요?"

"저를 키워 주셔서 고맙습니다. 그런 말도 하지 않을까요."

"그럼, 누렁이가 우리 부부를 무엇이라 부르겠소?"

"엄마 아빠라 부르겠지요."

"엄마, 아빠라!"

"그렇지요. 자신을 데려와서 키워 준 양부모라는 것은 알지 않을까요?"

"그럼요. 누렁이는 몸으로 다 배웠을 거예요."

"오! 귀여운 것, 이 할머니 할아버지는 네가 있어 행복하단다.

네가 잘 자라 주어서 고맙기도 하고, 누렁이가 우리 집에 온 것도 감사한 일이지."

"암, 그렇고말고요."

할아버지는 고개를 끄덕였다.

"넌 우리 집 천사란다."

"우리 도움이 꼭 필요했던 천사란 말이죠."

"그때는 그랬었죠. 그런데 지금은 보세요. 너무나 많은 것을 안겨 준 천사지요."

"넌, 할머니 할아버지에게는 선물이야. 귀한 생명을 돌볼 수 있었으니 말이다. 누렁이가 우리 부부에게 뭔가 가련함, 생명의 존귀함, 감정의 헛헛함을 채워 준 것 같아요."

"맞아요. 그러니까 누렁이는 강아지 모습을 한 천사예요. 누렁아! 누렁아! 알겠지?"

"끙 끙"

누렁이는 소리를 냈다. 누렁이도 무엇인가 답답하고, 말을 하고 싶은 것이 분명했다. 누렁이 나이가 사람으로 치면 7~8살 정도는 될 것이다. 말귀를 알아듣고, 느끼고, 생각하고, 질문할 나이다. 어른들이 무슨 말을 하든지 '왜요?' 하면서 얼굴을 보고, '그건 또 왜 그래요. 할아버지?' 하면서 자꾸자꾸 묻는 아이와 같을 것이다.

"누렁이가 말을 하면 하루에도 수십 번 물어봤겠지. 그만 물어

봐! 해도 '왜요? 할아버지?' 할 게 틀림없어. 누렁이는 수많은 질
문을 퍼붓고도 '할아버지 질문하면 안 되는 거야?'라고 또 물어보
겠지."

"분명 그럴 거예요."

"여보! 그러면 우리가 어떻게 대답해야 할까요?"

할머니는 난감한 듯 말했다.

"그거, 참 걱정이네."

"할아버지는 어떻게 생각해요?"

"뭐, 그러면 '할머니 할아버지는 말이야, 네가 너무 똑똑해질까
봐 그게 걱정이 되어서 그러는 거야.' 해야지. 그럼 누렁이는 그때
야 고개를 갸우뚱하면서 알았다고 하겠지요."

"'할아버지 할머니는 이 누렁이가 너무 우쭐댈까 봐 그러지요?
저는 다 알아요.'라고 하겠지."

"보통이 아닐 거야."

할아버지가 말했다.

"여보, 난 가끔은 또 이런 생각을 해요."

"어떤 생각이지요?"

"누렁이가 사람이라면, 누구와 같을까? 난 사랑 많은 시골 처녀
란 생각이 들어요. 하지만 아는 것도 많고, 배려심도 많고 친절
하고 섬김을 아는, 그러니까 흠잡을 데 없는 아가씨 말이오. 아마

현모양처가 되겠지."

"그렇고말고요. 아이들을 언제까지나 사랑하고, 주는 것을 늘 행복해하겠죠."

"옷은 무엇을 입을까? 하얀 블라우스에 옅은 하늘색 아니면 분홍색 투피스일 거야. 한복도 잘 어울릴 거라고 생각해요. 손에는 아무 장식도 없는 실반지 하나를 끼고, 귀에는 아주 작은 진주 귀걸이에, 목에는 보석 하나 없는 목걸이를 하겠죠. 자신에 대한 예의도 깍듯할 거야. 어른들을 대하는 태도는 한결같고 늘 미소 지을 거야. 그래서 주위 사람들에게는 기쁨이 되겠지."

할머니가 말했다.

"누렁이가 그럴까요?"

할아버지가 대답했다.

"그럼, 그렇다니까요. 난 누렁이를 보면, 우리가 결혼하던 봄날에 당신이 한복을 곱게 차려입었던 그 모습이 떠올라요."

할머니가 피식 웃었다.

"난 누렁이가 당신을 닮았다고 생각해요. 누렁이를 볼 때면 훈훈하고, 약한 것들을 보듬고, 주위 사람을 세워 주는, 그러면서도 어려운 처지를 불쌍히 여길 줄 아는 마음이 가득한 것 같거든요. 누렁이에게서 당신의 모습이 보인다니까요."

할아버지가 웃었다.

"흐~응"

"당신을 그대로 닮은 거지요."

"이것 봐요. 누렁이가 당신을 보고 있어요. 당신을 닮았다고 그러는 거예요."

할아버지가 다시 웃었다.

"허 참"

할아버지와 할머니는 누렁이를 사랑스럽게 내려다보고, 누렁이는 할아버지와 할머니 이야기를 듣는 재미에 푹 빠진 것 같았다. 누렁이는 바닥을 보다가 할머니 할아버지를 번갈아 보면서, 꼭 이렇게 질문하는 것 같다. '누렁이가 누굴 닮았을까요?' 그 질문에 할아버지 할머니가 어떤 대답을 해도 누렁이는 고개를 살살 저을 것이다. '누렁이는 할머니 할아버지를 모두 닮았다고요. 이 누렁이가 모습은 다르지만, 마음은 닮았다고요.'라고 대답하고 누렁이는 싱긋이 웃을 것 같다.

할머니가 누렁이를 만져 주며 물었다.

"누렁아, 할머니 할아버지하고 같이 있고, 또 이야기도 들으니까 재미있어?"

"으~웅"

어느 때쯤 되었을까? 바람은 숨죽이고 시간은 멈춘 듯했다.

· 4 ·
화재사고

석동이가 할아버지 집에 온 지도 3년이 되었다. 처음에 할아버지는 '석동이'라고 불렀다. 다음은 '동이'라고 불렀다. 그러다가 '똥이'가 되었다. 자연스럽게 그렇게 된 것이다. 할아버지와 할머니는 똥이를 무척 사랑했다. 똥이는 할아버지와 할머니의 바람대로 건강하게 자랐다.

"우리 똥이 몇 살이지?"

"이렇게 3살"

똥이는 손가락을 펼쳐 보인다.

"똥이는 누가 제일 좋아요?"

"할부지하고 할무니"

"그럼, 엄마 아빠는 어떡하고?"

"엄마 아빠도 좋아요."

"앞으로 우리 똥이는 무엇이 되고 싶어요?"

"응, 기관사."

"왜?"

"기차 타고 엄마 아빠 만나러 갈 거야."

"그럼, 할머니 할아버지는 어떡하고, 떼어 놓고 갈 거야?"

"아니, 할무니하고 할부지하고 같이 갈 거야."

"할아버지가 우리 똥이, 장난감 기차를 하나 더 사줘야겠는걸."

"야! 신난다!"

"우리 똥이 최고!"

할아버지는 엄지손가락을 세워 똥이에게 보여 주었다.

"할부지 좋아!"

할머니가 말했다.

"여보 우리 똥이가 키는 좀 클 것 같지 않아요?"

"그래요?"

"그럼요, 석동 애비도 체구가 큰 편이잖아요."

"그렇기는 하지요."

"그러니 똥이도 키는 클 거란 말이지요."

"똥이가 엄마 젖을 먹지 못한 것이 지금도 안쓰러워요."

"그러게요. 분유로 컸으니 말이에요. 몸이 튼튼해야 할 텐데. 할아버지가 고기반찬은 죄다 '이건 똥이것'이라고 했잖아요. 그래서 그런지 똥이가 튼튼해요. 커가면서 할아버지 체구를 닮는 것 같기도 하고요."

"그래요."

마침, 누렁이가 어슬렁어슬렁 다가오고 있었다. 딱 벌어진 앞발에 체구는 당당했다.

"똥아! 저 누렁이 좀 봐라."

똥이가 누렁이에게 오라고 손짓한다.

"우리 똥이도 튼튼하게 자라다오. 그게 할머니 할아버지의 소원이란다."

"응, 알았어."

똥이의 대답에 할머니가 웃는다.

"기특한 것."

똥이가 누렁이와 장난을 치다가 누렁이를 안고 나란히 앉았다. 똥이와 누렁이는 언제나처럼 둘도 없는 친구 사이다.

어느 날 새벽에 벌어진 일이다.

"불이야! 불이야! 불이야!"

사람들의 다급한 외침이 들렸다.

옆집에서 시작한 불씨가 새벽바람을 타고 날아와서 할아버지 집으로 옮겨붙고 있었다. 순식간에 농가 형태인 할아버지 집이 불길에 휩싸였다. 피할 겨를이 없었다.

"멍! 멍! 멍! 멍! 멍! 멍!"

누렁이가 온몸으로 짖어댔다.

할머니는 똥이를 안고 구르면서 불 속에서 기어 나왔다. 할머니의 옷에도 불이 붙었다. 할머니가 외쳤다.

"할아버지! 할아버지~!"

할머니는 정신을 잃었다. 할아버지는 어디에도 보이지 않았다. 할아버지는 불 속에 있는 것이 분명했다. 불길이 확 일어나고 누렁이가 불 속에서 뛰쳐나왔다. 할아버지를 끌어내려고 한 것이다. 할아버지는 불길 속에서 움직임이 없다. 안방에서는 다닥다닥 소리와 함께 검은 그을음이 뿜어져 나오고, 메케한 화학섬유 냄새를 토해 내고 있었다. 몇 분 만에 화를 당한 것이다.

"멍! 멍! 멍! 멍! 멍!"

동네 사람들이 몰려와 물을 뿌리면서 할아버지를 끌어냈지만 아무런 의식이 없었다. 할머니는 똥이를 안고 흐느꼈다.

"삐뽀 삐뽀 삐뽀"

구급차와 소방차가 도착했다.

"비켜요! 비켜요!"

구급대원이 할아버지에게 인공호흡을 시도했다. 그러고는 할아버지를 태운 스트레처카를 앰뷸런스에 밀쳐 넣듯이 하면서 급히 실었다. 앰뷸런스에 할머니와 똥이도 함께 탔다. 구급대원들도 심각한 표정으로 아무 말이 없었다. 할머니의 얼굴에는 눈물이 흘렀다. 똥이도 따라 울고 있었다.

읍내 병원 응급실. 담당 의사는 할아버지의 눈꺼풀을 들어 올렸다. 동공이 풀린 것을 확인한 듯하다. 할아버지의 호흡도 끊겼다고 판단한 것 같다. 의사는 다시 플래시를 비추어 동공반사를 살피고, 청진기로 호흡 상태를 재확인했다. 의사는 말이 없었다. 할머니는 계속 흐느꼈다.

시간이 흘렀다. 의사는 할아버지의 상태를 다시 확인하고는 죽음을 알렸다. 그리고 몇 가지에 대해 질문하고 메모하였다.

할머니는 앰뷸런스로 병원에 올 때부터 할아버지의 죽음을 직감하고 있었다. 하지만 할머니는 믿기지 않는 듯 고개를 저었다.

얼마 후 의사는 '시체 검안서'를 가지고 왔다.

이 름 : 오민국	성 별 : (남)
직 업 : -	
주민번호 : -	생년월일 :
주 소 : -	
발병일시 :	사망일시 :
사망종류 : 외인사	(의도성여부) : 비의도적 사고
사망원인(직접사인) : 유독가스 흡입에 의한 질식	
사고종류 : 화재	
사고발생 장소 : 주택	

"할머니, 이곳에 다시 오시기 힘드시지요? 그래서 슬프지만 확인한 사실을 작성해 드립니다. 정말 마음이 아파서 무어라 위로드릴 수가 없네요."

시체 검안서를 받아 든 할머니의 손이 떨렸다.

"할머니, 어린 손주하고 부디 건강하시길 바랍니다."

"네."

할머니는 한동안 눈을 감았다.

할아버지는 다시 집으로 돌아왔다. 본체는 모두 타서 주저앉았다. 마당에 천막이 쳐지고, 할아버지는 한쪽에서 병풍으로 가려졌다. 동네 청년들은 헛간 창고를 개조해서 할머니와 똥이가 거처할 방을 만들었다. 장례는 동네 사람들이 모여서 십시일반 준비했다. 할아버지의 죽음을 모두 슬퍼했다. 할머니는 서울에 있는 아들 재우에게는 알리지 않았다. 아들도 며느리 병간호로 힘든 상황인데, 짐이 되어서는 안 된다는 것이다.

할아버지에게 물어볼 수 있다면, 할아버지도 그렇게 했을 것이라고 했다. 할머니는 슬픔이 모든 것을 삼키지 않도록 마음을 추슬렀다. 할머니는 그렇게 할아버지를 떠나보낼 준비를 하였다.

장례를 치르고 10여 일이 지났다. 할머니는 손등과 팔에 커다란 화상이 아물지 않은 채였다. 똥이도 장딴지에 화상이 생겼다. 누렁이는 머리와 앞발의 털이 그을었다. 왼쪽 눈두덩이도 심하게 그을었다. 누렁이는 아직도 눈을 뜨지 못하는데, 실명한 것이 분명했다.

"왜, 왜, 왜!"

할머니 집에는 왜 슬픔이 꼬리에 꼬리를 물고 나타나는가? 불행이 찾아오는 개구멍이라도 뚫려 있다는 말인가? 화가 치밀어 오를 법도 하지만 할머니는 누구도 탓하지 않았다. 삶이란 그런 것임을 이미 알았기 때문일까?

불길은 옆집에서 시작되었는데, 옆집은 유치원에 다니는 5살 딸아이가 불에 타서 죽었다. 무슨 말을 할 수 있겠는가? 발화 원인은 알 수 없지만, 누군가가 계획이나 앙심을 품고 일으킨 화재는 아니라고 생각한다. 그럼 불을 탓해야 할 것인가? 불은 이성이나 판단력이 없다. 옆집에서 할머니 댁으로 불이 붙은 것은 바람으로 인한 것인데 바람을 잡아서 하소연할 수도 없지 않은가? 고양이 불장난 같은 화재라니, 이 무슨 경우란 말인가? 오히려 할머니는 옆집에도 안타까움과 위로를 전했다.

마당의 헛간은 할머니와 똥이가 거처할 새로운 방이 되었다. 작은 싱크대와 보일러가 놓였고, 전기와 수도 배관 공사도 했다. 벽지도 발랐다. 벽지에는 똥이가 좋아하는 기차 그림이 있었다. 그렇게 화재가 정리되었다. 할아버지가 남긴 것은 아무것도 없었다. 창고에 있던 낚시, 벽이 무너지면서 깔렸던 타다 남은 하얀 액자 하나가 전부였다. 할아버지를 생각하면 아쉬움과 허망함이 몰려왔다. 할머니와 똥이의 눈이 마주쳤다. 똥이가 물었다.

"할부지는 언제 와?"

"글쎄 언제 오실까?"

"할무니도 몰라?"

"우리 똥이가 많이 크면 올 거야."

"열 살만큼 크면 와?"

"할아버지는 멀리 여행을 떠났어."

"전화하면 안 돼?"

"음, 전화가 잘 안돼."

"그런 곳이 어디지?"

"할아버지도 똥이가 보고 싶어. 매일매일 오고 싶을 거야."

"할부지가 할무니한테는 알려줘?"

"그럼! 할아버지는 말이야, 어디 가시든 우리 똥이 보고 싶은 마음을 꽁꽁 싸서 다니시거든."

"진짜예요?"

"그럼, 참말이고말고."

"할아버지 보고 싶어."

"할머니도 할아버지가 보고 싶단다."

"할부지가 똥이하고 놀다가 내일 또 놀자고 했어. 새끼손가락 걸고 약속했는데…. 그래서 할부지 보고 싶어. 할부지와 기차놀이 하다가 똥이가 '우리 동네에 다 왔어요?' 하니까, 할부지가 '똥이 기관사님 세워 주세요! 스톱.' 했어. 똥이가 '기차를 세우려면 사탕 하나 주어야 해요.' 그랬더니 할부지가 사탕을 많이 가지고 내일 온다고 했는데, 그런데, 그런데 안 왔어."

"똥아, 할아버지는 그 약속 기억하실 거야. 그러니 꼭 오실 거야."

"알았어요."

"언제 오시는지 기다려 보자."

"똥이도 할아버지가 올 거라고 생각해요. 매일매일 기다려요."

할머니는 서울 아들에게도 늦게나마 아버지의 죽음을 알렸다.

"그렇게 아무 말도 없이 홀연히 떠나셨네요."

아들은 흐느꼈다.

"흐흐…"

아들은 아버지께 잘해 드리지 못한 아쉬움에 더해 자신의 처지에 대한 서글픈 심정이 밀려왔을 것이다. 아들이 목 놓아 우는 소리가 전화기를 통해 들렸다.

"아버지~ 아버지~"

"아들아, 너무 슬퍼하지 마라. 너희 아버지는 쉬러 가셨어."

"흐…"

"아버지가 그동안 한 번도 쉬지 못 했잖니? 애미는 너희 아버지가 쉬신다고 생각해. 그리고 아버지 생각으로도 이런 죽음은 부당한 거여, 반드시 살아오실 거야. 암, 그렇고말고."

"엄마, 저도 그렇게 믿어요. 어느 날 아빠가 '재우야! 아빠 왔다. 그동안 잘 있었니? 아빠가 잠깐 어디 좀 갔다 왔는데, 똥이도 많이 컸구나. 어느새 세월이 이렇게 빨리 지나갔네. 재우 너의 다리도 곧 나올 거야. 아빠가 늘 말했잖니? 그리고 좋은 소식을 하나 더 가지고 왔단다. 며느리가 곧 일어날 거야. 착한 우리 며느리도 일어나야지. 말도 못하고 움직이지도 못하고 병원 침대에 이렇게 오랫동안 누워 있는 것은 너무 부당한 거야. 곧 모든 게 바로잡힐

거란다. 너무 속상해하지 마라.' 하고 이야기하실 것 같아요."

"엄마도 그런 생각이 들곤 한단다."

"아빠 얼굴이 떠올라요. 내게 '재우야' 하면서 말씀하시던 그대로예요. 점점 새로워져요."

"참 고마운 분이셨어. 가진 것 없고, 고난이 있어도 누구를 탓하지 않으셨지. 어려운 사람을 동정하고 항상 너그럽고, 삶을 긍정했는데 아쉽구나."

"어머니, 아버지 이야기를 어떻게 다 할 수 있겠어요? 동네일, 조합일, 농사일 등 여러 바쁜 일이 있어도 등하굣길에 저를 업고 다니셨는데요."

"그래, 한결같았지."

"'재우야! 걱정마라. 이 아빠 발이 네 발이여.' 늘 그렇게 말씀하셨어요. 나의 발을 고칠 수 없다는 것을 아시면서도 '내년에는 후년에는 다리가 생기지 않겠니?'라고 하셨어요. 저의 고통을 모두 잊게 하셨지요."

"엄마도 그렇게 생각해."

"아빠는 자신을 온전히 주신 분이에요. 무엇을 더 바랄 수 있겠어요. 옆에 똥이 엄마도 그냥 눈물을 흘리네요. 며느리도 몇 년 후 엄마 아빠와 함께 살면서 꼭 모시고 싶다고 했거든요. 그래서 집사람도 더욱 열심히 노력해야겠다고 했는데, 쓰러졌으니 이제 아쉬움만 남았어요.

　어머님, 건강 챙기세요. 곧 찾아뵐게요. 부모님께 똥이만 맡기고 몇 번밖에 찾아뵙지 못했던 게 후회돼요. 어머니, 죄송해요."

　"재우야, 재우야."

　"네~."

　"너무 속상해하지 마라. 아버지는 너의 그런 마음을 늘 고마워했어."

　"어머니께 똥이 맡겨 놓고 항상 마음이 무거웠어요."

　"재우야! 똥이는 내게 큰 기쁨이란다. 요즘 똥이가 말벗도 되고 할미 말도 잘 들어. '할머니가 똥이 말 잘 들을 테니, 똥이도 할머니 말 잘 듣자.' 하고 약속했어. 똥이가 그 말은 잘 지켜 기특해.

재우야! 재우야!”

"네, 엄마!”

"우리 똥이 돌보는 것은 하나도 힘들지 않아. 오히려 이 할미에게 힘을 주고 있어.”

"엄마, 고마워요.”

"똥이는 '인꽃(人花)'이야. 세상에서 제일 예쁜 꽃을 매일매일 보는 기분이라는 것을 말해 주고 싶구나.”

"엄마가 점점 나이 드시는 게 슬퍼요.”

"엄마는 늘 네가 걱정이다. 몸 상하지 않게 하여라.”

"네, 조심할게요.”

"며느리도 일어나기를 늘 기도하고 있단다. 아들아, 다음에 또 전화하자.”

"알겠어요. 엄마의 건강을 빌게요.”

· 5 ·
만삭 여인

오늘은 똥이와 할머니가 기다리던 특별한 날이다. 똥이가 초등학교에 들어가면 할머니와 똥이가 할아버지 산소에 가기로 했기 때문이다.

"여보, 당신이 항상 예뻐하던 똥강아지들 왔어요. 똥이야 어서 인사해라."

"할아버지, 똥이 왔어요."

"누렁이도 인사해야지 '안녕하셨어요. 할아버지' 해야지."

"킁 킁"

"할아버지, 똥이는 초등학생이 되었어요. 오늘 입학식을 했거든요. 똥이 많이 컸지요?"

"우리 똥이가 인사를 제법 잘하는구나."

"할머니, 똥이 잘했지요."

"아이고, 기특해라. 누렁이 좀 봐라!"

"할머니! 펄쩍펄쩍 뛰어요!"

"누렁이가 할아버지 산소에 오니까 기분이 좋은가 보구나. 그렇겠지, 할아버지가 누렁이를 얼마나 좋아하셨는데."

"누렁아, 이리 와라."

"똥이야! 할아버지 얼굴을 기억할 수 있니?"

"잘 기억나지 않아요."

"그럴 게다."

"기차놀이 했던 것만 조금 기억나요."

"우리 똥이가 3살 때 할아버지가 돌아가셨단다."

"우리 방에 걸려있는 액자에서 할아버지 얼굴을 봤어요. 그래서 할아버지 얼굴이 조금 생각나요."

"좀 생각이 나긴 하는구나."

"할머니가 말씀해 주셔서 저를 무척 귀여워하셨다는 것은 알고 있어요."

"그럼, 우리 똥이가 최고였지. 그런데 요즘 할머니는 걱정이 하나 있어."

"뭐예요? 할머니."

"우리 똥이가 초등학교 마치고, 서울 애미 곁으로 가는 거야. 그러면 이 할미는 매일매일 외로워서 어떻게 살꼬?"

"그럼 어떡해, 할머니."

"그냥 여기 할아버지 곁에 묻혀야지, 뭐."

"할머니! 그것은 너무 슬퍼요."

"똥이야, 그래도 너무 슬퍼하지는 마라. 할머니도 할아버지처럼 편안히 잠을 자려는 거야. 할미도 이제는 쉴 때가 다 되었어. 똥이야, 넌 이 할미 나이를 아니?"

"네, 여든하고 한 살이랬잖아요."

"아흔 살을 바라보는 나이지 망구란다. 이젠 할망구가 되었어."

"할머니! 왠지 죽음은 슬프고, 무섭고, 으스스해요."

"똥이야! 어른들이 죽으면 '돌아가셨다'라고 하지?"

"네, 그런데요?"

"그것은 엄마의 품으로 돌아간다는 의미도 있어. 죽음은 새근새근 자는 것과 같은 거지. 그러니까 아무런 두려움도 없이 엄마 품에서 잠든 아이와 같이 되는 거란다."

"잠자면 아무것도 모르는데, 죽음이 그런 거야?"

"그럼! 그리고 말이야, 할아버지 묘가 둥그렇지?"

"네~."

"똥이는 그게 무엇과 같다고 생각하니?"

"뭐랄까. 커다란 호빵 같아요."

"재미난 생각이다. 그것을 '봉분'이라고 한단다. 무덤은 만삭된 여인의 배를 본뜬 것이란다. 아이는 엄마의 뱃속이 가장 편안하지. 그래서 무덤은 그런 바람을 담은 것이야. 똥이도 엄마 뱃속에

서 편안했지?

　넌 열 손가락을 다 세고서야 세상에 나왔어. 엄마는 너의 모든 것이었지. 너의 어릴 적 집이었던 거야. 그러니 이 할미도 말하자면 엄마 집(子宮)으로 쉬러 가는 거란다."

　"알았어요. 죽음이 엄청 무서웠는데, 그렇게 생각하니까 무서운 것만은 아니네요."

　"그렇지."

　"할머니 말씀을 듣고 나니 안심이 돼요."

　"이 할미는 똥이하고 함께 사는 것을 늘 고맙게 생각해."

　"똥이도 할머니와 사는 것이 좋아요."

　"우리 똥이가 할머니와 살게 된 것은 애미가 몹시 아파서야. 애미가 쓰러진 지 벌써 일곱 해가 되었단다."

　"네, 저도 알아요."

　"아빠가 네게 이야기했겠지?"

　"네, 앞으로도 할머니와 몇 년은 더 있을 거랬어요."

　"우리 똥이가 처음엔 이 할미를 엄마라 생각했겠지. 똥이가 이 할미 찌찌를 얼마나 만졌는지 몰라. 그게 다 엄마에 대한 그리움이었을 것이다.

　사람에게는 가슴에 흐르는 '마음의 강'이 있어. 그리움, 애틋함, 연민 같은 참을 수 없는 감정들이지. 그 강은 마음 깊은 곳에서

도도하게 흐른단다."

"할머니, 똥이 마음에도 그런 강이 있어요?"

"할미는 똥이 마음에 아주아주 큰 강이 있다고 생각해."

"난 가슴에 아무것도 없는데요."

"그건, 네가 더 크면 알게 될 거야. 저 누렁이도 할아버지의 그
런 마음 때문에 우리 집에 데려온 것이란다. '마음의 강'이 할아버
지를 움직인 것이지."

"할머니! 누렁이가 어떻게 우리 집에 왔어요?"

"우리 누렁이는 떠돌이 개의 새끼였단다. 민 씨 아저씨가 동네
입구에 살면서 먹이를 주었는데 새끼 밴 것도 모르고 서울로 떠
났나 봐. 그러니 돌보는 사람도 없이 새끼를 낳았던 게지. 어느
날 할아버지가 가보니 글쎄 다 죽어 가고 있었다지, 뭐야. 아무도
거들떠보지 않았던 거야. 진돗개나 셰퍼트, 로또라는 개 있잖니?
로트바일러라는 큰 개가 아니면, 쬐그만 그 뭐라고 하더라? 시추
나 포메라니안 같은 작은 애완견이었다면, 사람들이 벌써 가져갔
겠지. 하지만 우리 누렁이는……."

"알겠어요. 할머니, 이름 없는 버려진 개였다는 거지요?"

"그렇지. 할아버지가 보니까 다 죽은 것처럼 보였대. 눈도 감겨
있었고, 너무 가여워서 그만 꼭 안고 오셨어. 어린 생명이 불쌍하
다고 말이야. 할아버지 할머니가 정성으로 키웠지. 죽도 쑤어 주

고, 낚시도 해서 물고기도 잡아 주었어.”

“할아버지가 낚시도 잘했어요?”

“그럼, 저기 봐. 저 강에서 낚시했단다. 할아버지는 낚시를 아주 좋아했어. 나이가 들면서 몸이 불편하고 관절염도 있어서 낚시를 못 하다가 누렁이 때문에 다시 낚시를 시작했단다.”

“누렁이가 물고기를 좋아했어요?”

"그렇고말고. 부드러운 살은 우리 똥이도 좋아했지. 누렁이와 똥이가 서로 먹으려고 물고기 반찬만 쳐다봤어."

"호호호."

"똥이도 그렇고, 누렁이도 아침부터 저녁까지 할아버지를 졸졸 따라다녔어. 우리 똥이가 지금 할미 따라다니는 것과 같지, 뭐. 누렁이가 할아버지를 쳐다보는 모습은 애틋하고 사랑스러웠단다. 그럴 땐 할아버지의 마음이 촉촉이 젖었지. 그랬는데 그만 돌아가셨단다."

할머니의 눈가에 눈물이 맺혔다.

"똥이도 그때의 상처가 다리에 남았고, 할머니도 그렇고. 누렁이는 그때 한쪽 눈을 잃었단다."

"누렁이 왼쪽 눈이 처음부터 그런 것이 아니었네요?."

"그럼, 할아버지를 생각하니 할미 눈에서 눈물이 나온다."

"할머니 우시는 거야?"

똥이가 할머니의 눈물을 닦아 주었다.

"그래, 할머니 울고 있다. 할아버지 이야기는 다음에 하자. 똥아, 누렁아, 내려가자."

"네, 할머니."

"우리는 내려갑니다. 편히 쉬세요. 똥강아지들도 인사하여라."

"할아버지, 똥이 갈게요. 안녕히 계세요."

"누렁이도 아쉬워하는 것 같구나."

"아까부터 무덤 주위를 어슬렁거렸어요."

"누렁아! 누렁아!"

"할머니! 누렁이가 킁킁 소리를 내요. 앞발을 높이 쳐들기도 했어요."

"그건 누렁이의 작별 인사겠지."

"누렁이가 앞서 내려가네요."

할머니와 똥이는 천천히 산에서 내려오고 있었다.

"할머니, 그런데요."

"말해 보려무나."

"누렁이는 어미가 똥개니까 똥강아지잖아요. 그런데 난 멀쩡한데 왜 똥강아지라고 해요?"

"음~ 그것은…?"

"그것은 뭐예요?"

"할머니 어릴 때만 해도 갓난아기는 죽는 경우가 많았거든. 그러니 아무렇게나 길러도 잘 크는 똥강아지처럼 병치레 없이 건강하게 자라길 바라는 마음에서 어른들이 그렇게 불렀단다. 그러니까 뭐랄까? 우리 똥이도 소중하고 귀엽다며 부르는 이름이지."

"소중하고 귀엽다고요?"

"너도 어린 강아지들을 보면 귀엽잖니?"

"네, 귀여워요. 아! 그런 뜻이군요!"

"그리고 말이야, 이건 똥이하고 할머니만 알자. 넌 어릴 때 종종 네가 싼 똥을 손으로 만지기도 하고 먹기도 했단다. 누렁이도 너의 똥을 좋아했어. 똥이가 응가하면 슬슬 눈치를 보면서 어느새 옆에 가서 기다렸다가 냉큼냉큼 먹었다니까. 입맛을 쩝쩝 다시면서 더 먹고 싶어서 아쉬워했지. 아마 맛있는 치즈 냄새나 노랗게 뜬 된장 냄새가 솔솔 났을 거야."

"크크"

"그러니 진짜 똥강아지들이지."

"할머니, 근데 나도 똥을 먹었단 말이에요?"

"그럼, 그렇단다."

"으~ 내가 내 똥을 먹었다고요? 아이고 더러워라."

"할머니 생각은 말이야. 노란 아기 똥은 다 약이야. 그 뭐랄까? 유산균 덩어리잖니? 이 할미도 똥이 응가를 먹어 볼 걸 그랬나 보다."

"할머니! 그래도 제가 똥 먹은 이야기는 제발 비밀로 해주세요. 손가락 걸고 약속해 주세요. 알았지요?"

"그래 약속이다. 그런데 누렁이는 어디 갔나? 똥아, 누렁이 좀 찾아봐라."

"누렁아! 누렁아!"

똥이가 크게 불렀다.

누렁이가 기다렸다는 듯이 개나리 넝쿨 속에서 달려왔다. 숨을
크게 헐떡거린다. 똥이와 할머니는 누렁이를 쓰다듬어 주었다.
똥이가 말했다.

"누렁아, 귀가 간질간질하지 않던?"

"크~응"

"우리가 네 얘기 했지롱"

"크크크"

누렁이의 눈이 반짝반짝 빛났다.

· 6 ·

달리기 선수

똥이는 초등학교에 다니는 것이 즐거웠다. 할머니는 '할아버지가 계셨다면 얼마나 좋아하셨을까? 똥이가 학교 다니는 것을 보면 기뻐하실 텐데….' 하는 생각에 아쉬움만 더해 갔다. 똥이도 가끔 할아버지에 대해 묻는다.

"할아버지 보고 싶어요."

"할아버지가 언제쯤 오실까? 할아버지가 당장에라도 걸어서 들어올 것만 같구나. 똥아, 할아버지 산소에라도 다녀오너라."

똥이는 누렁이를 데리고 할아버지 산소로 달려간다. 똥이와 누렁이는 짝이 되어 달린다. 누렁이는 고개를 약간 왼쪽으로 해서 달린다. 할머니는 똥이에게 산소에 자주 갔다 오라고 하는데, 그것은 똥이가 달리기를 통해 체력을 키웠으면 하는 바람 때문이다. 똥이가 그것을 알까?

누렁이는 달리기에 좋은 짝이자 충실한 파트너다. 한 번도 꾀를 부린 적이 없다. 똥이 혼자라면 지치거나 달리는 동기가 약했을 것이다. 누렁이는 그것을 아는지 언제나 앞서 달리는 것을 좋아한다. 마치 똥이의 경쟁심을 부추기는 듯하다.

할아버지 산소는 집에서 2km쯤 떨어져 있는데, 할아버지가 좋아했던 강이 내려다보이는 곳이다. 지금 할아버지는 죽음이라는 잠을 깊이 자고 있어서 아무것도 모르겠지만, 강을 보실 수 있다면 저 강을 보면서 어떤 생각을 하실까? 아마 추억에 잠길 테지…. 할아버지의 기억이 젊고 행복했던 그날들에 항상 머물렀으면 좋겠다. 또 강에서 일어나는 일들을 지켜보면서 입가에는 미소가 떠올랐으면 하고 바란다.

산에 오를 때는 누렁이가 빠르다. 내려올 때는 똥이도 지지 않으려고 온 힘을 다하지만, 그래도 누렁이를 앞서기는 어렵다. 똥이는 누렁이를 불러 세우는 수밖에 없다.

"누렁아~ 같이 가자!"

누렁이가 뒤를 돌아다본다. 똥이는 살금살금 다가가서는 급히 뛰어간다. 똥이가 조금이라도 앞서면 누렁이는 급히 뛰어 달아난다. 누렁이의 순발력을 따라갈 수 없다. 누렁이는 덩치가 커지고, 똥이는 키가 자랐다. 누렁이는 매일매일 커지는 것 같았다. 똥이는 운동장에서 하는 모든 놀이를 좋아했다. 그래서 체육 시간을 특히 좋아했다. 게다가 달리기는 또래 친구들보다 월등히 앞섰다.

아빠의 바람은 두 가지였다. 똥이가 건강하게 자라고 할머니 말씀을 잘 듣는 것이다. 똥이도 아빠에게 그런 이야기를 자주 들어서 잘 알고 있다. 누렁이는 똥이가 학교에서 올 때쯤이면 동네 어귀에서 어슬렁거린다. 똥이가 그리워서 마중 나온 것이리라. 똥이를 보면 달려가서 튕기듯이 뛰어오른다. 그리고 누가 먼저랄 것도 없이 달리기 시합을 한다. 할머니는 누렁이가 마당으로 들어오는 것을 보면 '우리 똥이 왔구나.' 하면서 마당으로 나오신다.

똥이는 집에 돌아와 간식을 먹고 나서 또 달리기를 한다. 할아버지 산소까지 가는 것이다. 요즘은 매일 산소에 간다. 아침 일찍 가기도 하고 그러지 않으면 학교에 갔다가 집에 돌아와서 그렇게 한다. 할머니는 종종 할아버지에게 전할 이야기를 하나하나 챙겨서 일러 주신다.

"오늘은 학교 운동회에서 상을 받았다고 말씀드리거라. 상으로 받은 노트도 보여 드려야지."

"네, 알겠어요."

똥이와 누렁이는 산소로 향한다. 똥이의 이마에는 땀이 나고, 누렁이는 크게 헐떡거린다.

"아이구, 우리 똥강아지들 수고했네. 할아버지가 뭐라고 하시던?"

"음, 똥이 칭찬했어요, 할머니 말씀 잘 듣고 노트도 아껴 쓰라고 했어. 또 할머니한테 많이많이 미안하다고 했어요."

"정말?"

"네, 할머니. 할아버지가 내게 뽀뽀도 해주었어요. 할머니한테도 전해 달라고 했어."

"그랬어?"

"할아버지가 계시면 꼭 그랬을 거예요."

"우리 똥이, 고마워요."

똥이는 할머니 사랑을 듬뿍 받고 자라면서도 생각이 어른스럽고, 마음도 안정되어 있었다. 그러면서 서울의 엄마 아빠도 늘 마음속에 그렸다. 똥이는 할머니 말씀을 통해서, 할아버지와 누렁이는 물론 엄마 아빠와도 함께 있다고 느끼고 있었다.

어느 날 똥이는 묘지 근처에서 철쭉 몇 송이를 꺾어 왔다.

"오늘은 할아버지가 뭐라고 하시던?"

"네, 이 꽃을 전해 달라고 하셨어요."

"응, 고마워, 똥이."

"할아버지가 뭐라고 했는지 아세요?"

"글쎄다."

"'꽃보다 예쁜, 똥이 할머니께 드려라.' 그랬어요."

"정말?"

"그럼요!"

"……"

"그건 똥이 생각이지요?"

"할아버지가 한 말이 아니고?"

"하지만 똥이가 할아버지 생각을 알거든요."

"우리 똥이가 최고구먼."

똥이는 4학년이 되었다. 똥이의 달리기를 눈여겨본 체육 선생님은 육상 선수가 되면 좋겠다는 이야기를 똥이에게 했다. 그리고 서울에 계신 아빠와도 오래 통화했는데 아빠도 허락하셨다고 했다.

똥이는 주 종목이 100m, 200m이다. 400m 계주도 연습했다. 똥이는 방과 후에 즐겁게 연습했다. 신체 조건도 괜찮고 연습도 잘 따랐다. 선생님은 똥이가 심폐기능이 좋고 발이 빠른 것이 장점이라고 했다.

체육 선생님은 똥이가 조금만 더 노력하면 전국대회 성적에 근접하는 기록을 낼 수 있다고 칭찬했다. 학교 선생님들 사이에서 똥이가 전국대회에서도 좋은 성적을 기대해 볼만 하다는 이야기가 벌써 돌았다.

똥이는 운동이 힘들어도 얼굴은 항상 밝았다. 그리고 친구들이 힘들어할 때 잘 도와주어 모두 똥이를 좋아했다.

똥이는 5학년이 되었다. 지난해 5월부터 달리기를 훈련했으니 연습한 지 10개월쯤 되었다. 하지만 똥이가 달리기를 한 것은 초등학교에 들어가면서부터다. 매일 할아버지 산소를 왕복했으니까 하루에 4km는 달렸다.

작년부터 기대하던 소년체전이 다가왔다. 똥이가 몇몇 대회에서 좋은 성적을 냈으나 전국대회에는 처음 출전한다. 꼭 좋은 성적을 내겠다는 욕심보다는 최선을 다해 보겠다는 생각이 컸다.

대회 날이다. 똥이는 긴장이 되었으나 한편으로는 할머니, 아빠, 엄마를 기쁘게 해드릴 수 있다고 생각하니 설레었다. 그동안 훈련했던 일이며, 누렁이와 달리던 기억이 하나하나 떠올랐다. 아빠도 생각났다.

아빠는 의족을 했으니까 의족을 벗고 힘껏 달려 보고 싶은 마음이 얼마나 간절했을까? 내가 그런 아빠의 마음이 되어 달린다니….

'나의 달리기'는 마음껏 달리고 싶어하는 아빠의 희망과 같다는 생각이 들었다.

그런 생각에 똥이의 가슴이 쿵쿵 뛰었다. 정말 힘껏 달려야겠다는 마음도 들었다. 똥이는 예선을 거쳐서 결승에 진출했다.

결승 출발선에 섰다. 짧은 시간이 지나갔다.

"준비, 땅!"

결승선, 결승선, 100m 결승선을 지났다. 2등이었다. 이어지는 200m에서는 3등을 했다. 첫 출전에서 대단한 결과를 냈다.

대회가 끝났다. 학교에서는 똥이의 실력으로 충분히 그 정도 성적을 거둘 수 있을 거라고 기대했다. 그러니까 기대에 맞는 결과라는 것이다. 그보다는 2등이지만, 그래도 잘했다는 칭찬이 많았다.

이제 똥이는 들뜬 기분이 차분해지고, 달리기보다는 아빠의 바람대로 할머니를 도와드려야겠다는 마음이 크다. 똥이는 밥 짓는 것도 배우고, 설거지도 배우면서 할머니의 다리도 안마해 드린다. 할머니의 힘이 점점 약해지는 것을 알았기 때문이다. 누렁이도 함께 달려 보면 움직임이 조금씩 둔해지는 것이 보인다. 똥이는 생각이 많아졌다.

"따르릉, 따르릉"

아빠 전화다.

"아빠!"

"그래, 똥이 잘 지내니? 할머니는 건강하시고?"

"네, 그런데 할머니가 힘이 없으신 것 같아요."

"똥이가 많이 도와드려야겠다."

"알겠어요. 아빠, 엄마는 어떠세요?"

"엄마가 언젠가는 말도 하고 일어설 거라 생각해. 아빠는 그렇게 믿는단다. 그것은 내게 믿음이고 힘이란다. 할아버지는 내가 다시는 일상적으로 걸을 수 없다는 것을 아시면서도 한 번도 나에게 걷지 못한다거나 하는 식으로 희망을 꺾는 말씀은 하지 않았어. 그래서 아빠는 걷지 못해도 희망을 품을 수 있었단다. 아빠의 기억 속에 엄마는 언제나 정상이야."

"아빠, 저도 그렇게 믿어요. 할아버지가 하셨다는 말씀 있잖아요. '죽음이나 장애는 삶에 대한 이유 없는 부당함이고, 그것은 반드시 바로잡힐 것이다.' 할아버지 말씀대로 엄마는 일어날 거라고 믿어요."

"똥이가 많이 컸구나. 아빠가 똥이한테 항상 미안해!"

"아빠! 똥이는 엄마 아빠를 도와드리지 못해서 미안해요. 나중에 같이 살면 도와드릴게요."

"할머니 말씀 잘 들어라!"

"네, 아빠!"

겨울이 지났다. 똥이는 6학년이 되었고 체력과 정신력이 모두 강해지고 있었다. 똥이는 대회에 나가기 몇 달 전부터 하는 합숙 훈련을 하지는 않는다. 자기 관리가 철저해서 전체 훈련이나 연습 중간중간에 기록만 확인하도록 했기 때문이다. 이것은 똥이의 가정 형편을 잘 아는 체육 선생님이 똥이가 할머니를 돕도록 배려한 것이다.

올해는 소년체전에서 더 좋은 성적을 낼 수 있을까? 대회가 다가오지만 똥이는 담담했다. 작년에 출전한 경험이 도움이 되었기 때문이다.

대회 전날 저녁 아빠에게서 전화가 왔다. 아빠는 대회에 출전하는 것이 기록과의 경쟁이지 다른 누군가를 이기겠다는 생각으로 달리는 것이 아니라고 했다. 할머니는 똥이에게 대회에서 등수에 들라는 말보다는 언제나 다치지 않도록 조심하라고만 당부하신다.

대회 날이다. 똥이는 자신이나 가족보다 학교에서 기대하는 사람들이 많다는 것이 느껴졌다. 최선을 다해야겠다는 생각이 들었다.

100m 결승선에 섰다. 가족의 모습이 잠깐 스치고는 아무런 생각이 나지 않았다.

"준비, 땅!"

처음 출발은 조금 늦었다. 똥이는 한 명, 두 명 제쳤다. 결승에서는 거의 동시에 들어온 것 같았다. 결과는 0.01초 차이로 2등이었다. 200m 경기에서는 0.02초 차이로 1등을 했다. 100m, 200m에서 모두 엄청난 성적을 거두었다.

학교에서는 개교 이래 최대 경사라고 하면서, 학생들과 선생님들의 환영이 대단했다. 체육 선생님은 똥이가 육상 선수로 성장할 수 있도록 중학교 진학과 훈련 등 여러 가지 계획을 이미 세우시고는. 앞으로의 계획을 친절하게 설명해 주셨다. 그리고 똥이가 좀 더 전문적으로 훈련받을 수 있는 학교로 가서 집중적으로 훈련하면 단거리 육상에서 크게 성공할 수 있으니, 그 길을 가라고 추천했다.

똥이가 달리기를 시작한 것은 국가대표가 되겠다거나 1등을 하려는 것이 아니었지만, 결과적으로 그렇게 되었다. 똥이는 앞으로 어떻게 해야 할지 여러 가지로 고민했다.

"똥아, 어제저녁 늦게 아빠한테 전화가 왔더구나. 그런데 말이야, 아빠는 똥이가 중학생 되면 서울 엄마 아빠 곁으로 오길 바라더구나. 그렇다고 똥이의 의사를 무시하고 무조건 오라는 것은 아니야. 여러 중학교에서 스카우트 제의도 있었는데, 아빠는 똥이가 결정할 수 있도록 선생님께 이야기했다더구나. 아마도 집안 형편은 똥이를 뒷바라지하거나 도와줄 만한 여건은 안 되지만, 그 길이 최선의 길이라면 막고 싶지 않다고도 하셨어."

"네, 알겠어요. 담임 선생님도 계속 육상 선수로서 발전하길 바라셨어요."

"모두 우리 똥이를 위해서 하는 말일 거야."

"네, 전에 아빠가 하신 말씀이 생각나요. 아빠는 내가 부모님과 오랫동안 떨어져 있다는 것에 마음이 편치 않다고 하셨어요. 그리고 아빠가 말씀하시지는 않았지만, 엄마가 누워 있고 아빠도 편치 못하니까 똥이의 작은 도움이라도 꼭 필요하다는 것을 느꼈어요."

"그래, 그동안 엄마 쓰러지고 나서 아빠가 얼마나 힘들었겠니? 그것을 말해 무엇 하겠어. 우리 똥이가 아빠의 마음을 알았구나. 똥이의 생각이 중요할 것 같다"

"나도 중학생이 되면 엄마 아빠를 돕고 싶어요."

"그래, 그게 너의 결정이라면 잘 생각했다. 중학교부터는 공부도 신경 써야 할 텐데, 서울 아이들하고 성적 차이가 클 거라고 걱정하더구나."

"네, 할머니 저도 생각하고 있어요. 할머니! 똥이가 서울에 가서

외로워도 잘 계실 수 있지요? 누렁이가 있잖아요."

"그래, 이 할미 욕심으로는 똥이와 계속 살고 싶어. 그렇다고 해서 어떻게 이 할미 욕심만 채울 수 있겠니? 우리 똥이가 가면 이 할미는 눈물이 날 거야."

"할머니, 똥이도 마음이 아파요. 요즘은 슬프고, 자꾸 지난 일들이 떠오르고, 이상한 느낌이 들어요. 할머니 도와드리면서 누렁이와 그냥 같이 살고 싶어요."

"할미가 우리 똥이 장래에 도움이 안 되는구나."

"할머니가 점점 불편해지시고, 식사도 많이 못 하시는 것을 보면 마음이 안 좋아요. 할머니 연세가 87세잖아요."

"그래, 잘 기억하는구나."

"할머니 나이가 많아지는 것도 슬퍼요. 할머니하고 누렁이하고 초등학교 입학식 때 할아버지 산소에 갔던 일이 생각나요. 사람에게는 '마음에 흐르는 강'이 있다고 하신 할아버지의 말씀을 믿을 수 없었는데, 지금 내 가슴은 답답하고, 슬프고, 그리움 같은 감정이 느껴져요. 할머니, 내게도 그런 '강'이 있는 것 같아요."

"우리 똥이가 이젠 다 컸어. 무엇보다 감사할 일이구나. 감정이 살아 있는 아이로 자랐으니 말이여. 할아버지가 말한 '마음의 강'이 똥이 에게도 흐르는 것 같구나. 그 '마음의 강'은 보이지 않게 그렇게 흐른다. 우리에게 그런 '강'이 없다면 우리가 어떻게 살 수 있겠니? 똥이도 어려운 친구들 돕고, 이해심을 가져야 해. 그러니까 네 '마음의 강'이 늘 흐르게 하여라."

"네, 할머니 말씀을 마음에 간직할게요."

"암, 그래야지, 기특한 것."

"할머니, 고마워요."

· 7 ·
달달회

똥이는 초등학생 육상 유망주로 여러 중학교에서 입학 제의를 받았다. 체육 선생님도 똥이에게 육상 국가대표가 될 수 있다는 비전을 이야기하시면서 중학교를 추천해 주셨다. 하지만 똥이는 서울에 있는 아빠 엄마 곁으로 가서 집에서 가까운 학교로 배정 받았다.

무엇이 좋은 결정이고, 최선인지 지금은 알 수 없다. 다만 그것이 최고의 선택이 아니라도 엄마를 병간호하면서 다리가 불편한 아빠를 조금이라도 도와드리고자 했던 똥이의 마음은 바뀌지 않을 것이다.

똥이는 공부를 해야겠다는 생각도 들었다.

"내가 의사가 될 수 있을까?"

똥이는 작은 소리로 외쳐 보았다. 똥이는 의사가 되고 싶었다. '엄마가 걸을 수 있다면, 가족과 이야기를 나눌 수만 있다면 얼마나 좋을까?' 하는 소망 때문이다. 그게 어려워도 엄마의 병을 더 알고 싶은 이유에서다.

엄마는 똥이가 태어난 지 3개월쯤 되었을 때 뇌졸중으로 쓰러지셨다. 뇌간에 출혈이 있었다. 엄마는 정이 많고 이해심이 많은 분이셨단다. 지금은 똥이를 보면 그저 눈물만 흘리실 뿐이다.

똥이의 바람은 엄마와 이야기를 나누는 것이다. 그것은 엄마의 마음을 살피면서, 모든 것을 잃어버린 엄마의 지난날을 기억에서나마 되돌려 드리고, 좌절과 한없이 비통한 심정을 겪은 엄마와 함께하고 싶어서다.

똥이는 중학교 생활이 쉽지 않았다. 학교 교과 과정을 따라가기 위해 학기 초에 많은 노력이 필요한데 또 다른 어려움이 기다리고 있었다.

"야! 시골뜨기, 넌 꼴뚜기야. 그래, 꼴뚜기가 달리기를 잘한다며?"

"음, 조금~."

"공부도 달려 봐. 그건 꼴찌겠지. 머리가 '똘'이니 뭘 알겠어. 석동이라는 이름이 말해 주잖아. 네 이름 '석동'이. 그게 돌덩어리라는 것쯤은 알겠지? 아니라면 말 좀 해봐!"

"그만~!"

"왜, 갑자기 벙어리가 되었나?"

"너희 날 놀리는 거지? 그만두면 좋겠어."

"아니, 절대 그만둘 수 없지. 재미있잖아."

"알겠다."

"방법은 있어. 알려줄까?"

"그게 뭔데?"

"우리 〈달달회〉 모임에 들어서 3학년 짱 앞에서 신고식을 치르면 돼. 통닭 두 마리하고 음료수면 돼. 묻는 말에는 즉시 대답하고. 아무튼 정신 못 차리면 네가 통닭이 될 수도 있어. 아니면 귀싸대기를 맞거나."

"이런 행동은 정당하지 않다고 생각해. 난 너희가 나에게 하는 것처럼 다른 친구들을 괴롭히는 짓은 할 수 없어."

"흥, 짓이라고? 웃음이 나온다. 고상한 척하는군. 넌 후회하게 될 거다. 그렇게 되는 데 긴 시간이 걸리지 않을걸?"

친구들은 똥이를 계속 괴롭혔지만, 똥이는 입을 닫았다. 똥이는 성적이 서울 아이들보다 많이 떨어졌다. 그동안 똥이는 육상 훈련을 하면서 학교 공부에는 노력을 기울이지 못했기 때문이다. 할머니를 돕고, 건강하고 예의 바르게만 자랐다.

똥이는 〈달달회〉 아이들의 압력에 물러설 수 없다는 생각을 다. 목표를 세우고 정직하게 경쟁하겠다고 다짐했다. 달리기 훈련을 하면서 힘들고 어려웠던 기억을 곰곰이 떠올려 보았다. 똥이의 손에는 힘이 생겼다. 두 손을 꼭 쥐었다.

똥이와 아빠는, 엄마 간병에 대해서 며칠간 상의하였다. 엄마를 집으로 데려왔을 때 있을 수 있는 응급상황과 어려움, 주의점을 챙겨 보았다. 아무리 힘들어도 엄마를 위하는 방법은 계획대로 병원에서 집으로 데려오는 것밖에 없다.

똥이와 아빠가 번갈아 가면서 엄마를 병간호하기로 했다. 똥이가 학교에서 돌아오면 아빠가 직장에 나가고, 아빠가 아침에 돌아오면 똥이가 학교에 가는 것이다. 이런 식으로 하면 아빠는 낮에 틈틈이 자면서도 엄마를 돌볼 수 있을 것이다.

아빠는 저녁에 일할 수 있는 경비 일을 구하고자 했다. 똥이는 집 근처 여러 곳의 전화번호를 적어 왔다. 아빠는 십여 곳에 직접 전화를 걸어 문의하였다. 아빠의 목소리에도 힘이 느껴졌다. 그동안 아빠는 오랜 병간호에서 오는 무력감에 힘과 의욕마저 잃어 가던 터였다. 아빠는 마침내 한 회사의 야간 경비 일을 가까스로 구했다. 급여는 적어도 집에서 그리 멀지 않은 곳이라 다행이었다.

똥이는 하루하루 더욱 바빠졌다. 똥이가 등교할 때 아빠가 돌아온다. 똥이는 아빠에게 식사를 차려 주고 그동안 있었던 일을 아빠에게 들려준다. 학교에서 돌아오면 엄마의 전신을 마사지하고, 낮 동안에 간호하면서 있었던 일을 아빠에게 듣는다. 그리고 아빠가 출근하도록 돕는다. 엄마의 식사도 잘 조절해서 아빠가 있을 때 대변을 받아 내도록 해야 한다. 기저귀를 사용하지만, 때를 맞추기란 쉽지 않다.

똥이와 아빠는 알람을 맞추고 쪽잠을 잘 수밖에 없는데 그것마저 중간중간에 깨어야 했다. 똥이는 6시간쯤 자는데 중간에 두 번 깨어서 엄마의 몸을 뒤척이고 마사지해 주기 때문에 잠이 늘 부족하지만, 지금은 습관이 되어서 잘 견딘다. 똥이는 식사 준비, 설거지, 빨래, 그리고 마사지가 일상이 되었다. 그러는 동안 똥이는 엄마의 몸이 마치 자신의 몸처럼 느껴졌다. 2시간이 지나면 똥이의 몸도 엄마처럼 뻐근하게 느껴진다. 엄마의 배고픔이 느껴지고, 갈증이 생겨 물이 먹고 싶어진다. 그렇게 똥이의 몸은 엄마의 몸이 되었다. 똥이의 몸에 신호가 오면 그냥 지나칠 수가 없다. 엄마를 돌봐야 할 시간이 온 것이다. 아마 엄마에 대한 깊은 사랑이 중추신경을 자극하는 것일까? 자명종에 맞춰진 시간처럼 무언가가 알 수 없는 신호를 보내는 것 같다.

똥이는 피곤해서 지칠 법도 하지만, 오히려 엄마를 간호하는 데서 마음의 위안과 휴식을 느낀다. 운동했던 것도 큰 도움이 되었다. 체력과 정신력이 버팀목이 되어서 잘 견디는 것 같다. 체력과 정신력, 어느 한쪽이라도 균형이 깨진다면 이 상황을 이겨 내기가 쉽지 않을 것이다.

이제는 학교 공부에도 잘 적용하고 있다. 스스로 공부해야 하는 이유를 찾았기에 똥이의 집중력은 점점 실력으로 나타나고 있었다. 여전히 코치 선생님들은 똥이에게 전화해서 육상으로 돌아오라고 했으나, 똥이의 생각을 바꿀 수는 없었다.

시간이 지날수록 중학교 생활에 잘 적응하고 있었다. 그래도 어려움은 계속되었다. 엄마 병간호하랴, 늘어난 수업에 대처하랴 정신이 없는데 몇 명의 아이들은 작은 것도 트집을 잡고 시비를 걸었기 때문이다. 똥이에게 '얘는 시골에서 올라온 촌놈'이라는 딱지를 붙이고, 뭔가 무시하는 듯한 차별이 있었다.

1학년 말 시험을 봤다. 똥이의 성적이 상위권으로 올랐다. 그것을 시기하는 아이가 있었다. '바람'이라는 별명이 붙은 '봉수'였다. 이 아이가 나타날 때는 휙휙 소리를 내면서 나타났다. 바람은 학교 성적이 좋았는데 〈달달회〉 회원이라는 소문이 돌았다.

봉수는 똥이가 시골뜨기 주제에 성적이 좋게 나온 것이 믿을 수 없다며 커닝을 했을 거라느니, 뭔가 잘못된 것 같다느니, 중얼중얼하고, 또 비웃으면서 이상한 의심까지 했다. 똥이가 아무런 대꾸를 하지 않으니까 이번에는 누구누구의 시험지와 바꿔치기했을 것이라는 등, 계속 헐뜯고 하나라도 꼬투리를 잡으려 했다. 다음 날, 어떤 아이가 똥이를 찾아와서는 '개똥도 쓸 때가 있다더니 성적이 올랐다고?' 하면서 비아냥거렸다.

"너는 누구니?"

"나 말이야, 보면 모르니? 나는 나지. 1학년 8반이라는 것만 알려 주지!"

"너, 이름을 정확하게 밝히지 않으면, 너와 이야기하고 싶지 않아."

"뭐라고? 얘가 아주 맹랑하네."

"한 가지만 물어보자. 우리 반 시험 성적 발표가 어제 있었는데, 네가 그것을 어떻게 그렇게 빨리 알았니?"

"얘가 우리 〈달달회〉를 우습게 아는군."

"뭐라고? 〈달달회〉라고?"

"그래, 뭐 잘못된 것 있어? 너, 다시 한번 기회를 주겠어. 이번에 우리 모임에 들어오지 않으면 그때는 알아서 해. 일주일 시간을 주겠어. 그게 너의 미래를 결정할 것이다."

이 아이는 떠나면서 주먹을 추켜올렸다. 각오하라는 표시 같았다. 그 아이가 어떻게 똥이의 성적이 오른 것을 알았는지 모르지만, 봉수라는 아이가 알려 주었을 거라는 생각이 스쳤다. 사실 똥이는 누구의 도움이 아니라 자신의 노력으로 성적을 올렸다. 중학교에서는 성적이 좋든 나쁘든 아이들 대부분이 학원이나 개인 지도를 받지만, 똥이는 그러지 못했다. 엄마의 병간호와 가사를 도와야 하고, 경제적 여유도 없었다. 적은 시간도 효율적으로 사용하고 집중함으로 얻은 결과다.

다음 날, 봉수라는 반 아이가 다시 와서 성적이 올라간 비결을 말하라며 다그쳤다. 그러지 않으면 3학년 짱이 직접 나타날 거라고 겁도 주었다. 어제 왔던 아이도 짱이 보냈다는 것이다.

아이들이 똥이를 〈달달회〉에 끌어들이기 위해 여러 회유와 압력을 넣고 있었다. 학교가 막 끝난 시간이었다. 한 아이가 똥이에게 다가왔다.

"난 1학년 8반이야."

"어! 내가 어제 만난 아이가 1학년 8반이라고 했었는데."

"그래, 내가 그 아이하고 같은 반이야. 어제 너하고 이야기하는 걸 멀리서 봤어. 그래서 〈달달회〉에 대해서 좀 알려 주려고 그래. 어제 그 아이는 '꼴에'라는 아이야. 걔가 잘하는 것은 없는데 어제 너한테 한 것처럼 아이들을 겁주어서 〈달달회〉에 끌어들이는 데는 귀신같거든. 그래서 '짱'이 특별히 붙여 준 이름이래, 〈달달회〉에서는 훈장 같은 거지."

"꼴에?"

"그러니까 꼴에 아이들은 잘 데리고 온다는 말이지."

"그렇구나. 알겠다."

"너네 반에 바람이라는 아이도 〈달달회〉에 가입되어 있을 거야. 그 아이가 공부 잘하는 것도 이유가 있어."

"그런 것 같아. 수업 시간에도 보면, 공부는 안 하고 이상한 사진이나 물건을 가지고 장난치는데 어떻게 해서 시험만 치면 점수가 높은지 참 신기해."

"그 아이 옆이나 근처에 공부 잘하는 아이는 없니?"

"음, 동호라는 아이가 있어."

"그 아이하고 무슨 관련이 있을 거야."

"그렇구나, 전에 동호하고 바람 사이에 재식이라는 아이가 있는데 시선을 가리니까 약간 몸을 뒤로 움직여 보라고 하면서 의자 위치를 살피는 걸 보기는 했어. 그러면서 자기들끼리 뭐라고 뭐라고 이야기하더라."

"〈달달회〉에는 우등생만 있다고 하는데, 대개 그렇게 해서 성적을 올리는 아이들이야."

"달달회 회원이 학교에 여러 명 있는 것 같던데?"

"3학년은 많지 않고 1, 2학년들은 여러 명 있어. 아마 30명쯤 되는 것 같았어. 정확한 것은 나도 몰라."

"너네 1학년 3반에는 그 '바람'이라는 애만 있는 것 같아. 그 아이들이 학급에서 일어나는 일을 짱에게 즉시 보고하는데 점심시간이나 쉬는 시간, 학교 끝나고 모여서 이야기해. 새로 전학 온 아이, 비싼 옷이나 좋은 물건을 가진 아이, 반에서 성적이 오른 아이, 그리고 생일 같은 것을 기록했다가 돈이 있을 것 같은 아이에게 나타나서 무슨 수를 써서라도 돈을 뜯어 가. 너한테는 돈 달라는 소리는 안 했니?"

"내가 가난하다는 것을 아는지 그 얘기는 안 하더라."

"내가 팔이 부러지고 나서 지난번 10월 10일에 네 번째 〈달달회〉 모임에 갔거든. 어떤 3학년 애가 고개를 갸우뚱하더니 '넌 망조다. 앞으로는 우리 모임에 나오지 마. 그리고 여기서 있었던 일은 어떤 것도 말해서는 안 되고, 주머니는 비우고 가야 하는 법이다. 그게 〈달달회〉 회원의 명예로운 퇴장이야. 섭섭하면 앞으로 우리 모임을 위해 졸업할 때까지 매달 자발적으로 기부 좀 많이 하든가.'라고 했어. 쫓겨난 기분이었어. 그리고 나한테 망조라니? 궁금해서 참을 수가 없더라. 그날 저녁에 꼴에한테 찾아가서 물어봤지. 그랬더니 이런저런 핑계를 대면서 자기는 모른다더라. 그래서 내가 '너 요즘 성적 올라간 것이 좀 이상하던데?' 했지. 그러고 돌아가려는데 나를 불렀어. 자기 성적이 올라간 비밀을 내가 알고 있다는 것이 두려웠는지 살짝 이야기하더라. '너만 알아.' 하면서 말이지. 그때 알게 된 것은 그게 자기들 모임을 '망하게 할 쫄다구'라는 말이래. 쫓아낼 때 그 말을 한다는데, 그걸 들으니 정말 화가 나더라.

내가 팔이 부러졌는데 그런 식으로 내친다는 생각이 드니까 지금은 다시 오라고 빌어도 가기 싫어."

"결국 돈 뜯어내고, 쓸모없을 것 같으면 버리는구나."

"처음에는 〈달달회〉에 들어오기만 하면 공부도 잘하게 된다면서 으스대더라. 그게 뭐, 부당한 방법을 말하는 거 같아."

"그래, 내게도 공부 잘하는 방법이 있다는 말을 쓰-윽 했어."

"그게 수법 중 하나일 거야. 〈달달회〉에 커닝 고수라는 '연탄 집게'가 있거든. 3학년인데, 아이들 돈 잘 뜯어 오고, 보고 잘하면 그 아이가 개별적으로 커닝 방법을 알려 주나 봐. 그 방법이 궁금해. 언젠가 드러나겠지."

"그러니까 바람하고 꼴에는 그 수법을 개인지도 받았겠구나."

"틀림없어. 나한테도 곧 알려 준다고 했는데 쫓아낸 거야."

"그런데 〈달달회〉에 가면 뭐 하니?"

"가끔 '달달회'에서 선물도 받고, 선배들이 재미난 이야기도 해 주고, 간단한 호신술도 알려 줘. 그리고 〈달달회〉 회원들이 누군가에게 맞는다거나 하면 즉시 모여서 도와주기도 해.

4월 4일, 6월 6일, 7월 7일에도 동사무소 시장 입구 쪽 공터에서 모였었는데, 서로 이름조차 몰라. 아무튼 처음 모임에 가니까 커다란 보름달 두 개를 그려 놓았더라. 〈달달회〉 모임 장소라는 것을 우리는 금방 알았지. 다들 서로 이야기하지 못하게 하고, 감시하는 분위기라고나 할까? 대충 누구는 1학년, 2학년, 3학년 정도일 것이라고 눈치로 알았을 뿐이야. 아마 3학년 아이일 거야. 그 아이가 구호를 외치면 우리가 따라 했어.

우리는, 우등생이다.

우리는, 열심히 공부한다.

우리는, 규칙을 잘 지킨다.

후에 그 뜻을 옆의 아이한테 전달받았는데, '우등생'은 커닝 고수에게 도움을 받아 우등생이 된다는 뜻이고, '열심히 공부한다는 것'은 활동을 잘해서 〈달달회〉에 보탬이 되는 듬직한 회원이 된다는 말이래, '규칙을 잘 지킨다는 것'은 〈달달회〉에서 정해 놓은 공과금을 바치라, 뭐 하라 하는 등의 규칙을 잘 지킨다는 뜻이래"

"엉망진창이네."

"그때 짱은 나타나지 않았어. 두 번째, 세 번째 모임에서도 마찬가지야. 모임도 그 전날 누군가 알려 주니까 한두 명밖에 몰라. 매번 새로운 아이들이 서너 명 오는 것 같았어. 내가 나올 때 짱이 주었다는 선물이 있었는데, 동전 크기만 한 노란색 아크릴이 두 개 달린 열쇠고리거든. 그것도 내놓으라면서 뺏어 갔어."

"'달달회'란 게 무슨 뜻이니?"

"그것에 대해서는 누구도 이야기하지 않아. 온갖 추측이 있는데, 내가 그만둘 때 3학년 아이들이 떠드는 소리를 엿들었어. 언뜻 하는 소리였는데, 처음에는 짱이라는 아이가 친구하고 모임을 만들었대. 자기들이 스스로 건달이라면서 '달달이들'이라고 하다가 건달이 둘이니까 '달달회'라고 했다더라고. 한번은 돈이 많이 생겼을 때가 있었는데, 친구라는 아이가 그걸 숨기고 말하지 않았나 봐. 그 일로 〈달달회〉가 깨졌다는 소문이 돌았고, 그 후에 친구는 빠진 채 짱이 주동자가 되었대."

"〈달달회〉에 대해서 많은 것을 알려 주어서 정말 고맙다. 그런데 너의 이름은 무엇이니?"

"이름을 알려 주는 것이 두려워."

"알았다. 더 이상 묻지 않을게."

"내가 한 말이 새어나가면 난 위험해져. 무슨 말인지 알겠지?"

"그럼, 비밀을 지킬게."

"오늘 만난 것도 비밀이야."

"믿어, 걱정하지 마!"

며칠 후였다. 꼴에가 찾아왔다.

"야, 너 충분히 생각해 봤어?"

"내가 먼저 물어보자. 〈달달회〉의 목적이 무엇이니? 주로 어떤 아이들이 모이는지 말해 줄 수 있니?"

"그런 것을 말할 수는 없지."

"모임은 투명하게 해도 문제가 있는데, 비밀스럽게 움직이는 모임에는 가입 할 수 없어."

"얘가 우리 〈달달회〉를 이상하게 말하네?"

"아니, 진심으로 물어보는 거야."

"지금 나를 시험하는 거냐? 〈달달회〉에서 열심히 활동하면 선배들한테 인정받고, 성적도 오르고 좋은 일이 있어."

"무슨 인정을 받고 어떻게 성적이 오른다는 것인지? 좋은 일이 무엇인지? 그런 것을 자세히 알려 주어야지. 그러지 않는 곳이라면 난 더욱 가입할 수 없어."

"야! 이번에 내가 너를 우리 모임에 들어오도록 해야 해. 그래야 〈달달회〉가 커지거든. 육상 선수 오석동이도 우리 〈달달회〉에 있다고 하면 홍보가 된다는 말이다."

"네가 〈달달회〉에서 무슨 인정을 받으려고 하는구나. 내가 보기에는 〈달달회〉에는 〈달달회〉가 이루고자 하는 목표랄까, 아니면 좋은 명분 같은 것이 없어."

"그딴 소리는 말고, 너 잘 생각해봐. 〈달달회〉에 들어오면 중학교에 다니는 내내 성적도 좋고 편할 거야."

"뭔가 나의 약점을 잡아서 괴롭혔던 이유를 알겠다."

"너 정말 뜨거운 맛 좀 봐야겠는걸."

"더 이상 나한테 〈달달회〉 이야기하지 마. 안 그러면 내가 직접 짱을 만나러 가서 어떤 친구인지 알아볼거야. 그리고 모든 사실을 학교에 말할 거고. 그것에 자신 있으면 말해. 정정당당하게 학교에 너희 모임을 등록하고 선생님한테 지도받으면서 하면 되잖아. 이런 식으로 학생들을 끌어들이는 것은 잘못이야. 앞으로 학교에 무슨 문제가 터질 때 그것이 〈달달회〉와 관련이 있는지 내가 지켜볼 거야."

"그만! 더 이상 너와는 이야기가 안 되겠다."

그 후로도 꼴에와 봉수는 몇 번이나 똥이의 마음을 떠보려고 이야기했지만, 똥이는 관심을 두지 않았다. 똥이가 친구들의 압력과 계속되는 괴롭힘에도 자신의 생각을 굽히지 않고 대처한 것은 옳고 그름에 대한 판단력과 용기 같은 것이 자랐기 때문일 것이다. 할머니께서 하시던 말씀도 큰 힘이 되었다.

똥이는 어려운 친구들을 도울 수는 있지만, 뭔가 다른 친구들을 이용하려는 곳에는 아무리 큰 이득이 생겨도 함께할 수 없다고 생각했다. 똥이는 그렇게 서울 생활에 적응해 가고 있었다.

· 8 ·
똥형 똥생

2학년 겨울 방학이 지나고 3학년 새 학기가 되었다. 2학년 가을쯤 똥이의 성적은 여러 과목에서 최상위권이었다. 그런 이유로 똥이를 끈질기게 괴롭히던 아이들도 모두 사라졌다.

언젠가 '별빛과 폭풍설'에서 읽은 내용이 생각났다. 공포가 몰려오고 눈사태와 낙석이 발생하는 거대한 암벽에 매달려 비바크(Biwak) 할 때, 두려운 밤을 견딜 수 있게 하는 것은 '어둠이 지나고 반드시 새벽이 온다는 믿음' 때문이라는 것이다. 어떤 이유에서건 견디기 힘든 상황도, 슬픔도, 고통도, 괴로움도 결국 끝이 있다는 것은 위로가 되었다.

똥이는 점심시간에 화단 한쪽에 우두커니 앉아 있는 아이를 자주 보았다. 그 아이는 우울해 보였고 누구와 말하는 것도 보지 못했다. 오른쪽은 의족을 했다. 한쪽은 목발을 자주 사용하고 있었다. 집에 갈 때도 혼자라는 것을 알았다. 똥이는 아빠가 떠올랐다. 똥이가 서울로 올 때 할머니가 '어려운 아이들을 도와주고, 동

정심이 있어야 한다'라고 하셨던 이야기도 생각났다. 그때 똥이
는 할머니 말씀을 간직하겠다고 했다.

똥이는 가만있을 수가 없었다. '내가 친구가 되어야지.' 그 아이
에게 가까이 다가갔다.

"안녕? 몇 학년이니?"

말이 없었다.

"음, 난 3학년 오석동이야. 그냥 '똥이'라고 해!"

그래도 대답이 없었다. 처음 있는 일이라 몹시 당황하는 것 같
았다.

"말하기 싫으면 안 해도 돼."

"……"

"난 너와 친구가 되고 싶어서 말을 건넨 거야."

"……"

"뭐, 이상하다고 생각할지 모르지만 난 진실을 말하는 거야. 너를 보면서 내가 너의 친구가 될 수 있을까? 그런 생각을 했어."

"음……"

"뭐든지 괜찮으니까 내게 이야기해 줘."

"음……, 난 1학년이야."

"1학년이었구나. 점심시간에 네가 이곳에 있는 것을 자주 보았어."

"이름은 남정우라고 해."

"'정우'라고 하니까 친구끼리의 '우정'이 생각나네. 멋진 이름인데! 알려 줘서 고마워."

"음…, 처음 중학교 입학했을 때, 어떤 형들이 가까이 와서 나를 패고 도망갔어. 그러면서 이게 중학생 신고식이랬어. 앞으로 자기들 말 잘 들어야 중학교 다닐 수 있다는 거야."

"그런 일이 있었구나. 속상했겠다."

"또 얼마 전에는 가방을 들어 주는 척하더니 옆의 아이가 '돈이 있느냐?' 하길래 얼마 있다고 했더니 많이 있다면서 삥뜯어 갔어. 그 돈은 그림물감 살 돈이라고 해도 소용없었어. 그리고 '야! 멍청하기는. 네가 피카소 될 거냐?'라고 소리치더니 선생님께 고자질

하면 그땐 죽음이라며 자기 가슴을 치고는 자기들 모임 〈달달회〉에 대해서 한참을 이야기하더라. 입학식 때 만났던 형들과 아마 한패였을 거야. 얘네들 뒤에 3학년이 멀리서 지켜보고 있는 것이 보였거든.

3학년 아이가 다가오더니 정확히 한 달 후에 짱이 올 거니까 그때 보자고 했어. 아마 내게서 정기적으로 돈을 뜯어 가려는 수법이 아닌가 하고 생각했어. 그러면서 앞으로 짱개 맛, 탕수육 맛, 팔보채 맛, 짬뽕 맛도 보여 줄 거래, 짬뽕 맛은 국물이 끝내준다면서 '너 국물 맛 좀 볼래? 캬~' 소리를 내면서 겁주더라고."

"그래서 아이들을 멀리하게 되었구나? 그 애들은 모두 같은 애들일 거야. 나도 그동안 〈달달회〉에서 나온 아이 하고도 이야기해 봤고 나름대로 이것저것 파악한 것이 있어."

"점심시간에는 옥상에 모여서 무슨 이야기를 하는 것 같았어. 그래서 내가 밖으로 나와서 피했던 거야. 중학교 생활도 실망스럽고, 여러 복잡한 생각에다 말 못 할 내 처지로 마음이 무거웠거든. 그런데 형이 이곳으로 와서 말을 거니까 이상한 생각이 들더라고. 또 달달회 회원이 나를 찾아왔나, 무슨 일을 꾸미려는 것일까? 말을 하지 말아야지… 하면서 피하고 싶었어."

"사실 나는 시골에서 초등학교에 다니다 중학교는 서울로 왔는데, 매일 놀림당했어."

"형은 몸집도 크고 당당한데도 그래?"

"그럼. 그런 애들은 무엇이든 약점을 잡으면 집요하게 공격해서 무릎 꿇게 하거든."

"그렇구나."

"난 시골뜨기니까 꼴뚜기라고 놀렸어. 그리고 공부도 못하니까 '똘'이랬다가 '돌덩어리'라고 했어. 1학년 때는 내가 키가 크니까 어떤 애는 나를 '떡대'라고 한 적도 있어. 1학년 말쯤은 공부를 좀 하게 되니까 이번에는 '떡' 하고 불렀어. '어이! 떡.' 이런 식이었지. 그 애들이 마치 시골 논바닥에 사는 거머리처럼 계속 달라붙어서 놀렸어. 내가 1학년이었을 때 나를 굴복시키려고 했던 아이들은 당시 3학년의 짱이라는 아이가 만들었다는 〈달달회〉에 속한 1학년 아이들일 거야.

그런데 짱이라는 아이가 졸업하자 그 후배 아이들이 짱이랑 똑같이 행동했어. 짱의 후배 중에 '짜장'이라는 아이가 있었는데 걔가 주동자가 된 거야. 지금은 짜장도 졸업하고 그 후배 '짜자장'이라나 뭐라나, 그 애가 삥뜯기를 시킨다는 말이 있어. 여러 소문이 있어서 무엇이 진짜인지 몰라. 어쨌든 지금은 3학년 짜자장이 〈달달회〉를 이끈다는 말이 돌아. 그런데 얼굴은 나도 몰라. 요즘은 주로 1학년 아이들을 못 살게 하는 것 같아."

"나도 짱 얘기는 들어 봤어. 게네들이 내 돈을 빼앗아 가면서 자기들끼리 '짱, 짜장, 짜자장' 이야기를 하더라. 삥뜯은 것이 짱에게 바치는 세금이라나, 공과금이라나? 뭐라고 하면서 '야! 이 돈이면 몇 달 치 공과금이야!'라고 했어."

"그럴 거야. 그러니까 짱이라는 아이는 이제 고등학교 2학년일 텐데, 지금은 그 짱이 후배들을 통해 계속 삥뜯어 가는 게 확실해. 내가 1학년 때 그 아이들 말을 안 들으니까 나를 괴롭히고 겁주면서 계속 〈달달회〉에 들어오라고 했어. 우리 반 아이가 여러 번 가자고 하길래 무슨 이유인지, 명분이 있는지, 모임은 정당한지, 돈을 내라거나 들어갈 때는 마음대로 들어가도 나갈 때는 못 나가게 한다거나 해코지는 안 하는지 등을 밝히라고 했지. 그랬더니 아무런 답을 못 하더라고. 그러면, 나는 어떤 경우에도 절대 가입할 수 없다고 했어. 그러니까 나중에는 학교를 못 다니게 한다나? 짱이 올 거라면서 겁을 주었어. 또 자기들 모임에 들어오면 학교생활이 편하다며 달콤한 사탕발림으로 유혹까지 하더라."

"나도 형이 말한 '짜자장' 소리를 최근에도 들어본 것 같아. 3주 전에 그 '짜자장'이 〈달달회〉 회원 2명을 1학년 4반에 보내서, 그 반 아이를 끌고 가서 어디선가 마구 때렸다는 소문이 1학년 사이에서 쫙 돌았어. 짜자장이 누구를 시켜서 주로 1학년생들을 길들이려고 그러는 거래. 누구라는 아이는 덩치가 땡땡하고 별명은 '야빵'이라던데. 야구 방망이를 들고서 폼 잔뜩 잡고, 야구 방망이를 높이 쳐들었다가 땅으로 내리치면서 '너희들 나한테 걸리면 말 안 해도 알겠지!' 하면서 겁도 주고, 어떤 때는 야구 방망이로 진짜 때린다는 거야."

"야방이라는 이름은 처음 들어보는데 최근에 알려진 이름인가? 짱, 짜장, 짜자장. 그런 소리를 들으면 무척 두렵겠구나?"

"그래서 지금은 게네랑 부딪치지 않으려고 해"

"그게 현명해."

"들어 보니까 형 때도 어려움이 많았었네. 난 무척 걱정돼. 한 달 후에 '짱'이 나타날 거라고 했거든."

"그때 나하고 가보자!"

"고마워 형! 이제 좀 마음이 놓여. 그런 게 빨리 없어져야 할 텐데."

"그래야지. 문제는 그런 행동을 하는 아이들은 아무 생각이 없어. 자신의 행동이 친구들한테 얼마나 나쁜 영향을 미치고, 얼마나 심각한 정신적 상처를 남기는지도 모르고 장난으로, 재미 삼아 친구들을 괴롭힌다는 거야, 참."

"조금이라도 친구들의 입장을 생각하면 좋을 텐데."

"그래 그거야. 조금이라도 생각이 깊으면 그럴 수는 없을 거야."

"……"

"정우야! 그런데 너희 집은 어디니?"

"장승배기에서 조금 더 가면 있는 '밤 골'이란 곳이야."

"그래? 나도 그곳에서 멀지 않아. 12번 버스 종점에서 약수터 가는 길이 있는데, 국사봉이라는 산 밑에 살아."

이렇게 해서 똥이와 정우는 마음을 열었다. 둘은 그날 이후로 같이하는 때가 많았고 등하교도 시간을 맞춰 같이하였다.

정우는 석동이보다 한 살이 적었다. 정우는 다리를 다치고 1년 간 학교를 쉬었다. 그래서 두 학년 차이가 난다.

"형은 왜 똥이라고 해?"

"응, 시골 할머니 할아버지가 내 이름 '석동이'를 그렇게 부르셨어. 촌스러운 이름이지만, 지금은 '똥이'라는 이름이 편해. '똥아!' 하고 부르시던 할머니 생각도 나고 말이야."

"그럼, 난 형보다 한 살이 적으니까 동생이잖아, 동생을 '똥생'이라고 하면 어때? 형은 똥형, 난 똥생!"

"똥형 똥생이란 말이지, 야! 멋지다. 말이 된다. 네 이름처럼 우정이 듬뿍 묻어나는 느낌이다.

"똥형 똥생, 괜찮은 거야?"

"그럼, 난 동생이 없어서 외로웠거든. 항상 동생이 있었으면 생각하고 있었어. 그게 이루어진 거잖아? 정우야 고맙다. 한번 불러볼까, 똥생?"

"응, 똥형!"

"사실 우리 아빠도 다리를 잃었어."

"정말이야?"

"그래. 아주 어릴 때 철길 건널목에서 놀다가 사고를 당했대. 한쪽은 무릎 위, 한쪽은 정강이 아래를 절단하셨어."

"슬픔이 말이 아니었겠구나."

"그럼, 그때 난 사고는 할머니 할아버지의 가슴에 깊은 상처로 평생 남았어. 동생이 겪은 사고도 부모님에게는 그랬을 거야."

"지금도 생각나. 내가 초등학생이 되었을 때 아빠가 근무하는 공장에 갔었어. 아빠는 커다란 프레스 작업을 했는데, 내가 그곳에서 놀다가 그만 유리구슬을 프레스 안쪽으로 떨어뜨리고 말았거든. 그것을 집으려다가 왼쪽 발이 미끄러지면서 프레스로 들어가 버렸어.

아빠는 당황해서 기계가 대기 상태에 있는 데도 내려온다고 생각하고, '스톱!' 하고 외치면서 버튼을 눌렀대. 순간 윙 소리와 함께 기계가 내려오는 바람에 내 무릎을 눌러 부서뜨렸어. 그 후는 기억이 거의 없어. 아빠는 나를 업고, 공장 동료는 덜렁거리는 다리를 붙들고 가까운 정형외과로 달려갔는데 접합할 수 없다고 했대. 그래서 다시 부서진 다리를 싸매고 서둘러 서울에 있는 전문 병원으로 갔는데, 시간도 늦어지고, 날씨도 따뜻한 탓에 조직에 이상이 생겼다는 거야. 사고 부위가 무릎 슬개부와 슬와부인데

그곳이 파손되어 고칠 수도 없고, 수술도 어렵다고 했대. 하는 수
없이 상처 부위를 잘라 내고 치료만 한 거지.

　아빠는 한쪽 다리를 포기할 수 없다며, 그 다리를 삼베로 싸서
관에 넣고 고향으로 갔어. 온 산을 헤집고 다니면서 밑동에서 두

줄기가 쭉 뻗은 참나무를 찾아내 그 밑에 내 다리를 묻었대. 아빠는 내가 그 나무처럼 튼튼한 다리를 가졌으면 하는 바람으로 그렇게 했던 거였어. 작년에 그곳에 가봤어. 이상한 생각이 들더라. 어떻게 보면 난 이미 죽은 사람이야. 장사까지 지냈잖아. 그런데 지금도 그 나무는 잘 자라고 있었어. 그 나무가 뭐라고 위안이 되더라. 앞으로 그와 같은 사고는 다시는 없겠지 하는 희망 같은 것이겠지.

난 사고로 학교를 쉬었고, 지독한 고통에 시달렸어. 오른발이 없는데도, 마치 있는 것처럼 가렵기도 하고 통증이 느껴져서 몇 분, 몇 시간 고통에 시달리기도 했어. 다리를 긁으면 시원하겠는데, 없는 다리를 어떻게 긁을 수 있겠어. 겨울에는 없는 오른쪽 다리가 시려서 고통스러워. 어떤 때는 깜짝 놀라 잠에서 깨기도 해. 의사 선생님 말씀으로는 '환상통'이래. 누가 보면 꾀병 같겠지? "

"동생의 고통이 느껴져. 그러니까 실체가 존재하지 않는 상상 속 고통이란 말이지?"

"맞아. 그 느낌은 '미칠 것 같은 고통'이야. 정말 그랬거든. 내가 고통스러워하는 걸 본 아빠는 실의에 빠져서 몇 년간 술로 보냈어. 매일 밤 다리가 잘리는 악몽에 시달려서 술을 먹지 않으면 잠을 잘 수 없었대. 깨어나면 '아들 다리를 잘라 먹은 애비 놈, 천하에 벌 받을 놈, 이런 몹쓸 애비가 있나? 용서할 수 없어.' 하면서 자책하고. 지금도 술을 드시면 땅이 꺼질 듯 큰 한숨을 내쉬면서 후회하셔. '내 못된 손을 잘랐어야 했는데….' 하시면서"

"정우야! 똥생과 아빠의 고통이 느껴져, 우리 아빠도 생각이 나고 말이야. 똥생 이야기를 들으니, 더욱 내 똥생이란 생각이 들어. 그동안 똥생이 겪은 슬픔을 조금은 알 것 같아."

"지금도 그때가 생생하게 기억나."

"그러겠지. 왜 아니겠니? 언젠가 책에서 본 라틴어 격언이 떠오른다. '깊은 슬픔에는 혀가 없다'라는 말인데, 너무나 큰 슬픔이 가슴에 있을 때 무슨 말을 할 수 있겠어. 그저 말없이 침묵할 수밖에…. 똥생이 지금까지 말이 없었던 이유일 거야."

"똥형! 우리 학교 전교생 950명 중에서 나같이 불행한 아이는 없겠지?"

"똥생! 똥생처럼 아픈 친구들의 고통을 이해할 수 있는 마음을 가진 아이는 똥생 말고 없을 거야. 나야 아빠가 장애인이니까 장애인 가족으로서 간접적인 경험만 했을 뿐인데 똥생은 직접 경험했잖아. 난 똥생이 그만큼 특별한 아이라고 생각해."

"똥형 이야기를 들으니까 뭔가 가슴이 뻥 뚫리고, 나도 소중한 사람이라는 자긍심이 생기는 것 같아. 내가 왜 그동안 속 좁게 생활했나? 하는 생각도 들어."

"똥생, 정말 잘 생각했어! 사고는 누구에게나 일어날 수 있어. 지금 장애가 없다고 해서 자신과 가족은 그런 일이 절대 일어나지 않으리라 생각하고, 앞으로도 없을 것처럼 행동하는 것은 잘못이지. 다른 사람을 이해하지도 못하고 이해하려고도 하지 않는 사람들, 자신과는 다른 입장이라고 말로 때리고, 꼬집고, 찌르는 사람들이야말로 정신적으로 심각한 장애가 있다고 생각해."

"나도 미처 생각지 못했는데…. 똥형의 생각은 훌륭한 것 같아. 장애인이 뭐 특별한 대우를 바라는 것이 아니잖아. 장애인도 사람인데 못 볼 걸 본 것처럼 그렇게 무시하는 시선은 견디기 어려워."

"장애인이 그런 것에 너무 충격을 받으면 육체적 장애와 더불어 정신적 장애도 생길 수 있어. 그러니 무엇보다 자존감을 갖는 게 중요한 것 같아."

"그런데 장애가 생기면 말할 수 없는 자괴감에 자신을 하찮은 존재로 보게 되거든."

"그런 생각이 왜 안 들겠니?"

"똥형처럼 이해심이 있는 사람은 많지 않을 거야."

"똥생은 어쩌면 불의 고통 속에서 만들어진, 너무나 귀한 그릇이야. 똥생을 만난 것을 축복으로 생각해!"

"똥형, 고마워! 똥형은 나 자신을 이해할 수 있게 해주었어. 정말 고마워. 똥형, 그런데 유명한 육상 선수가 우리 학교에 있다고 하던데, 그게 똥형 맞지? 전국 체전에서도 우승한 선수였다는 이야기를 들었어."

"응, 맞아."

"똥형은 왜 육상 선수로 나가지 않았어?"

"나도 아쉬움이 커. 내가 달리기를 포기한 것은 아냐. 지금은 조금 다른 달리기를 할 뿐이지. 사실 우리 엄마가 뇌졸중으로 쓰러지셨거든. 지금도 병상에서 움직이지도 못해."

"엄마, 아빠 모두 힘드시구나."

"그래. 그래서 의사가 되어 병의 원인이라도 알아보고 싶어. 그게 자식이 할 수 있는 도리 같기도 하고. 난 엄마의 병을 고치고 싶은 마음이 너무나 절실해. 욕심이겠지만, 병을 고치지 못해도 내가 엄마를 치료한 경험을 살려 다른 뇌졸중 환자를 돕고 싶어. 그런 환자들을 나의 어머니라는 생각으로 치료한다면, 남보다 조금은 더 정성껏 환자를 돌볼 수 있지 않을까? 하는 마음에서야. 난 돈을 위해서 의사가 되겠다는 것이 아니야. 우리 집이 가난하지만 한 번도 그렇게 배우지는 않았거든. 그저 환자들을 잘 돕고 싶을 뿐이지. 모든 환자는 나의 어머니야. 그건 나의 간절함이기도 하고……."

"지금 똥형의 생각은 이미 의사가 된 것 같아. 병원에 입원해 있

을 때, 히포크라테스 선서라는 것을 본 기억이 나. 기원전 5~4세기 사람인데, 의술의 아버지라고 불렸대. 똥형의 마음과 같을 거라는 생각이 들어."

"똥생도 나와 비슷한 생각이 가슴 한편에 있을 거야. 우리 내면에 있는 진실하고 순수한 감정이지."

"똥형! 사람에게는 보편적 가치관이란 것이 있나 봐. 나도 똥형 만나고 많은 것을 느꼈어. 깜짝깜짝 놀라고 배우는 것도 많아. 뭔가 내게 드리웠던 지독한 어둠이 달아난 느낌이랄까? 내 생각도 상당히 희망적으로 바뀌었고."

"똥생, 다행이야. 그런데 똥생도 달리기를 해보면 어때? 내가 경험이 있으니까 도움을 줄 수 있을 거야. 육상으로 체력이 튼튼해지면, 똥생의 생각도 건강하게 자랄 수 있어. 어때?"

"똥형이 도와줄 거야?"

"그럼, 당연히 도와주어야지. 넌, 내 똥생 이잖아."

며칠 후였다. 학교가 끝난 시간이다. 날씨는 덥고 바람 한 점 없었다. 정우는 바지를 무릎 위로 걷어 올려서 그동안 창피하다고 가렸던 의족을 드러냈다. 전에는 한 번도 그랬던 적이 없었는데 정우에게는 큰 변화였다.

정우는 당당하게 걸었다. 모든 학생들의 시선이 정우 다리에 쏠렸다. 정우가 한 뜻밖의 행동은 학생들의 관심을 끌기에 충분했을 것이다. 그렇게 운동장 한쪽에서 석동과 정우, 똥형과 똥생은 달리기 연습했다.

"똥생!"

"똥형!"

"휴~ 좋아. 잘했어."

운동장에 큰 소리가 울려 퍼졌다. 남녀 학생 할 것 없이 의족을 신고 달리는 것이 신기한 듯 정우가 뛰는 모습을 바라보았다.

석동과 정우는 맹렬하게 연습했다. 그런 연습은 매일 30~40분 계속되었다. 매일 좀 더 연습했으면 하는 아쉬움이 있었지만, 똥이가 엄마를 간병해야 하기 때문에 아쉬움을 접고 집으로 향했다.

"똥형, 엄마 간병해야 될 시간이잖아. 늦지 않았어?"

"그래, 마쳐야 할 것 같다. 가방하고 똥생 옷은 내가 챙길 테니까 먼저 땀 닦아."

"알았어."

똥형과 똥생은 훈련 시간이 짧은 것이 늘 아쉽다. 그래도 정우의 마음에는 자신감이 생겨나고 있었다.

• 9 •
증거는 아무것도 없었다

오늘은 〈달달회〉의 짱이 온다는 날이다. 정우와 석동의 얼굴은 상기되어 있었다. 어느 3학년 아이가 나타났다. 낯익은 얼굴이었다.

"야, 너희 둘이 나왔어? 오석동이도 나왔네. 그렇게 〈달달회〉 가입하라고 해도 안 온다더니?"

"얘는 내 동생이야. 이름은 남정우고. 오늘 짱이 온다고 했다며? 짱은 어디 갔어?"

"내가 대신 왔다. 왜?"

"짱이 누군지 얼굴 좀 보고 싶다."

"야! 얼굴 봐서 뭐 하게?"

"너는 전에 본 것 같은데, 3학년 아니니? 이름이 뭐야? 그것도 비밀이니?"

"나 민욱이다. 왜?"

"성이 민 씨구나. 흔치 않은 성인데. 너는 〈달달회〉에서 무얼

하는 친구니?"

"그런 걸 네가 알아서 뭐 하려는데?"

"그러면, 우리도 너한테 이야기할 것 없잖아."

"대답이 아주 거친데."

"우리에 대해 알 필요가 뭐야. 왜 보자고 했어? 그리고 동생 돈도 뺑쳐 갔다며? 나도 방법은 있어."

"방법도 있다? 그거 한번 들어보자."

"내가 〈달달회〉 보고서를 작성해서 교장 선생님께 드리려고 해. 내가 파악한 것이 있거든. 학생들의 피해 사례와 〈달달회〉 아이들이 지금까지 한 행동, 그리고 너희가 어떻게 성적을 올리는지도 알고 있어."

"그걸 네가 안다고?"

"잘은 모르지만, 파악하고 있단 말이야."

"오~석동이 보통이 아닌데."

"난 너희의 행동에 동의할 수 없어. 우선 민욱이, 너에 대해 담임 선생님과 교장 선생님께 말할 거야. 정우만 해도 피해가 커. 그동안 정신적으로 힘들어했거든. 반대의 경우도 생각해 봐! 민욱이 네가 피해 보는 입장이라면 어떻겠니? 민욱이 넌, 네가 제일 중요하지? 그렇지?"

"……"

"그처럼 다른 친구나 후배도 중요해. 그렇지 않니?"

"음, 그래 인정한다. 나도 마음 한구석에는 잘못이라는 생각이 있었다. 오석동! 음, 〈달달회〉 이건 다 내가 꾸민 거야."

"그렇구나. 난 짱은 없거나 의외의 인물일 거라고 생각은 했어. 짱을 직접 봤다는 아이는 지금까지 보지 못했거든. 내가 조사도 해봤는데 작은 단서도 발견하지 못했어. 그래서 내가 짱을 보자고 한 거야. 짱, 짜장, 짜자장 이런 애들은 없는 거지?"

"음, 그 애들은 내가 짱이라는 캐릭터에 성격을 부여해서 지어낸 가공의 인물이야. 그리고 수시로 이야기를 바꿔서 진짜 있는 아이들처럼 혼란을 주었어."

"민욱이 너 상상력이 대단하다. 생각은 했지만 널 보고도 믿기지 않는다."

"〈달달회〉를 건달 두 명이 시작했고, 후에 이들이 돈 문제로 갈라서고 짱이 실권자라거나 짱이 내린다는 지시 등을 모두 내가 만들어 낸 거지. 짱에게 바치는 세금이나 공과금도, 최근의 야방도 마찬가지야. 짱은 누구냐? 따지면 짱은 바로 나야. 내 머릿속에 있으니까."

"민욱아! 너도 여러 가지 어려운 사정이 있었나 보다."

"그래. 네 눈치도 보통이 아니다. 난⋯ 사실 고아야. 가정 형편도 좋지 않아. 오석동 네가 시골에서 왔는데 형편도 어렵다는 것을 알았어. 등치도 빵빵하고 육상 선수였다는 명성도 있고 해서 너를 끌어들여 〈달달회〉를 키워 볼까 했고."

"그랬구나. 난 돈도 없고, 처음에는 성적도 별로였는데 계속 〈달달회〉 아이들이 와서 끌어가려고 하더라."

"다 내가 시킨 거야. 〈달달회〉는 내가 1학년 때 만들었어. 난 어렸을 때 아빠가 병으로 죽고, 엄마는 다른 사람을 만나면서 나를 고아원에 보냈어. 아빠가 큰 강이 있는 시골 어딘가에서 엄마를 만나서 잠깐 살다가 일이 생겨서 떠나왔다는 이야기를 양부모한테 들었어. 내가 6살 때 양부모가 입양해서 초등 5학년까지는 잘 지냈어. 생각해 보면, 아마 그때가 가장 행복했던 것 같아.

6학년 때였는데 옆 반에 다른 아이들의 물건을 빼앗고, 괜히 시비를 걸고, 주먹질하는 친구가 있었어. 어느 날 내가 그 녀석을 보고 있다가 패버렸어. 그 녀석 얼굴에 상처가 나고 눈 주위가 퍼렇게 부어올랐어. 그 부모가 학교에 찾아와서 난리 치고 나를 처벌하라며 소리 질렀거든. 그 일 이후로 양부모는 내가 조금만 잘 못해도 '이놈은 커서 깡패 될 놈'이라면서 자주 때렸어. 난 더 참지 못하고 중학교에 들어오자마자 가출했어."

"민욱아! 이제 네가 좀 이해된다. 그리고 한가지 번뜩 스치는 것이 있는데, '큰강'이라는 말과 아빠 성이 '민씨'라는 거야. 우리 시골에 금강이 있거든. 할머니한테 민씨 아저씨가 그 동네에 잠깐 살다가 떠났다는 이야기를 들었어. 그게 너하고 관련이 있을 것 같은 예감이 들어."

"그래, 석동이 너하고는 뭔가 통하는 게 있는 것 같다."

"그러게 말이다. 그럼 넌 어디서 지내는 거니?"

"응, 친구들 집으로 떠돌다가 독서실 같은 데서 지내기도 하고, 오락실에서 게임하다가 잡혀 양부모 집으로 가서 몇 달 지내고. 그러다가 다시 나오곤 해. 그러다 보니까 돈이 필요하고. 내가 고등학교, 대학교 가서도 학비를 자동으로 벌 방법을 연구하다가 짱이라는 가공 인물과 〈달달회〉를 만들어 낸 거야."

"민욱아! 너 문예창작과에 가면 큰 작품 하나쯤은 남길 것 같다."

"머리를 쓰다 보니 문학 쪽 생각도 했는데, 사회복지 쪽을 공부하고 싶어."

"민욱아, 그건 의외다."

"내가 오늘 석동이 너하고 이야기하면서 나의 비밀을 쉽게 밝힌 것은 내가 3년째 〈달달회〉의 '짱 이야기'를 만들어 내면서 양심에 찔렸기 때문이야. 내가 그렇게 해서 학생들 돈 삥쳐서 학비 내고, 대학 등록금이며 학비까지 계속 뜯어내 챙긴다면 그것이 과연 옳은지 마음속으로 후회되었어. 내가 양부모하고 멀어진 것은, 초등 6학년 때 아이들을 괴롭히는 녀석을 보고 뭔가 정의감이 끓어 올라 때렸던 사건인데. 내가 '짱'이라는 녀석을 만들어서 하는 행동이 바로 초등학교 6학년 때 다른 아이들을 괴롭히던 그 녀석이 하던 짓과 똑같다는 생각이 들었거든. 내가 했던 과거 행동이 가식으로 느껴졌고, 지금 행동도 역겹다고 할까? 싫어졌어. 그래서 언젠가 기회가 되면 다 이야기하고 싶었어"

"그렇게 생각했구나."

"석동이 너의 말이 옳다는 생각에 이것저것 이야기하게 된 거야. 그리고 하나 더 말하자면, 너는 1학년 때부터 내가 눈여겨보았어. 가정 형편이 어렵지만 꿋꿋했고, 또 덩치도 크니까 너를 놀리거나 까부는 아이들을 때려 줄 만도 한데 그러지 않았거든… .

내 입장에서 이렇게 모든 것을 말한 것은 나에게도 쉽지 않은 결정이었어. 석동이 네가 선생님께 이야기하는 것이 겁나서 그런 건 아니야. 짱에 대한 이야기는 소문만 있지 실체가 없거든. 그리고 삥뜯은 돈도 현금이니까 그 자리서 확인하지 않으면 증거도 없잖아. 그게 발각되어도 모두 자폭하도록 돼 있어. 자신이 필요해서 뜯어냈다는 것이지. 돈이 모이면 나는 임의의 장소에 갖다 놓는데, 금액이 적힌 빈 봉투만 갖다 놓아. 짱의 심부름인 거지. 그러니까 그 돈은 짱이 쥐도 새도 모르게 이미 가져간 것이 되는 셈이고.

"민욱아! 나에게 이렇게 전부 말한 것은 네가 앞으로 새로운 생활을 하겠다는 각오라고 생각해."

"그래, 그런 생각이야."

"그럼, 정우와 나도, 민욱이에게 작은 힘이라도 보태고 싶어."

"빈말이라도 고맙다. 새로운 길을 찾아야지."

"잘 생각했다."

"곧, 6월 6일에 우리〈달달회〉모임을 여는데 그때 발표해야지. 그럼〈달달회〉는 없어지겠지?"

"좀 섭섭하니?"

"아니, 발표할 문구도 생각해 놓았어."

"벌써?"

"달은 기울었다.

짱은 사라졌으니, 너희들은 발동작을 멈추어라!"

"알 듯 모를 듯하다. 달이 기운다거나 짱이 사라진다는 것은 알겠는데, 발동작을 멈추라는 것은 무슨 뜻이니?"

"그것까지 이야기해야〈달달회〉의 마지막 비밀을 말하는 것이고. 나의 의지가 그만큼 확고해졌다는 것을 밝히는 것이 되겠지? 그건 네가 궁금해했던 거야."

"커닝과 관련된 것이지?"

"그래."

"몇 년 동안 커닝을 한 번도 들키지 않았다는데 놀랍다."

"그러니까 그것은 이런 거야. 먼저 공부 잘하는 아이하고 우리 〈달달회〉 회원 아이하고 전자시계를 초까지 정확하게 맞추는 거야. 시험이 끝나기 10분 전부터 10초 단위로 사지선다형 답만 하나씩 알려 주는 방법이지."

"발동작으로 번호를 알려 준다는 말이구나. 민욱이가 그것을 멈추라고 한다는 말이고. 크-."

"그렇지. 그러니까 앞에서부터 10초 단위로 한 번씩 발로 신호를 주니까 시계를 보면 몇 번인지 금방 알아. 발을 모으고 있으면 답은 1번, 발을 좌우 벌리면 2번, 왼발만 앞으로 있으면 3번, 뭐 이런 식이지. 그런데 확실치 않은 답은 신발을 세워서 바닥을 보여 줘. 그 문제는 확실치 않다는 거야. 이게 중요해. 모르는 문제까지 번호를 주면 오답까지 일치하잖아. 그럼 어떻게 되겠니? 말하지 않아도 알겠지? 그러니 멀리서 대충 봐도 지금 몇 번의 답이 무엇인지, 그것을 놓쳐도 시간과 신호를 보면 몇 번에 대한 답인지 알아. 틀릴 수가 없어."

"와, 민욱아! 대단하다. 그리고 생각보다 너무나 철저하다. 그래도 옳은 길을 가려는 네게 박수를 보내고 싶다."

"과정이야 어떻든 석동이 네가 나의 행동 방향을 전환하도록 영향을 준 것에 고맙게 생각한다."

"민욱아! 네가 이렇게 모든 것을 과감하게 정리하는 것을 보고 느낀 건, 넌 진짜 짱이다. 이건 짱만이 할 수 있는 행동이다. 그런 생각이 들어."

"음, 짱은 사라졌어. 내 기억에서도 빨리 없애야 해!"

"그래. 넌 짱 이었던 것이 맞아."

"……"

"정우라고 했지? 그동안 미안했다."

"민욱이 형, 지난 일들은 마음에 두지 않았으면 좋겠어. 오히려 형에게 박수 쳐 주고 싶어."

"1학년 동생이 그렇게 말하니까 힘이 생긴다. 고마워! 석동아, 정우야, 다음에 좋은 때에 만나자."

"그래, 우리 둘도 항상 응원할게."

그렇게 민욱을 만나고 돌아오는, 정우와 석동의 얼굴은 환하게 빛나고 있었다.

· 10 ·
난 살아 있는 벌레

"정우야! 옆에 있는 친구가 네가 말하던 석동이라는 학생이니?"

"네, 엄마. 내가 똥형이라고 불러요. 똥형, 우리 엄마야."

"안녕하세요? 정우 친구예요. 오석동이라고 해요."

"우리 정우한테 이야기 많이 들었어. 3학년인데 우리 정우의 친구가 되어 주

어서 고마워. 우리 집에 가서 밥 좀 먹고 가렴."

"네, 엄마가 아프셔서 제가 가서 간병해야 해요. 아빠와 교대해야 하거든요."

"그렇구나. 아빠한테 허락받을 수는 없니?"

"네, 아빠한테 물어볼게요."

"그래, 착한 학생이구나."

"……"

"아빠에게 한 시간만 있다가 오라고 허락받았어요."

"잘했다."

"똥형, 우리 집은 여기서 가까워."

"밥은 다 해놓았다. 반찬은 변변치 못해도 꼭 밥 한 끼 해주고 싶었어."

"고맙습니다."

"우리 정우가 석동이 학생 만나고 얼굴이 밝아졌어. 정말 고맙게 생각하고 있어."

"뭘요, 오히려 제가 고맙습니다."

"정우가 웃음을 되찾으니까, 즐거움이 생겼어. 우리 가족도 요즘 살맛나."

"똥형, 다 왔어."

"여기야! 집이 누추한데 들어와. 여보! 정우 친구 석동이 학생이에요."

"안녕하세요? 정우 아버님."

"어서 와라. 이야기 많이 들었다. 우리 정우에게 도움 주어서 고맙네."

"정우는 엄마 상차림을 도와줄래?"

"똥생, 같이 도와드리자."

"똥형은 손님이니까 내가 할게."

"정우야 고마워. 이제 다 됐다. 어서 먹어라."

"네, 감사합니다."

"우리 정우에게는 친구가 없을 줄 알았다."

"정우가 그동안 통 말을 안 했으니까 친구들도 없었지, 뭐."

"네…."

"정우 아버님! 제가 정우한테 도움을 많이 받아요. 정우 덕분에 힘이 생겨요. 저와 친구가 되어 준 것도 고맙고요. 정우의 아픔을 통해서도 많은 것을 배우고 있어요. 저의 아버지께서도 양다리를 잃으셨거든요."

"아이고, 저런."

"아버지하고 많은 이야기를 나누었는데도 자세한 말씀은 안 하셨어요. 정우가 친구로서 솔직하게 이야기하니까 저희 아빠를 더 잘 이해하게 되었어요. 그래서 오히려 제게 정우가 꼭 필요해요. 우리 아빠는 어려서 그렇게 되었고, 정우는 조금 더 커서 그랬던 거죠. 어린 나이에 느꼈을 소외감, 친구들의 놀림으로 인한 괴로움, 죽고 싶어 했을 아빠와 정우의 마음이 생각나 눈물이 났어요."

"똥형이 말하니까 옛날 생각이 나는데, 내가 마취에서 깨어났을 때 한쪽 다리가 없었거든. 그때 내가 처음 한 말은 '엄마, 내 다리 어디에 숨겼어?'였어. 모든 것을 알고 난 후 엄마와 난, 없는 다리를 붙잡고 얼마나 많은 눈물을 흘렸는지 몰라. 그 후에 난 앞으로 무엇을 할 수 있나? 내가 무슨 죄를 지었나? 남은 한쪽 다리도 어떤 이유로 잘리면 어떡하나? 하는 생각 때문에 슬픔과 불안과 고통의 연속이었어. 친구들을 만나는 것도, 공부도 모든 게 싫고, 멍하니 시간만 보냈어.

내게 추억이라고는 없어. 초등학교 6년은 없어진 시간이야. 오래된 TV가 지지직거리면서 화면이 나간 뒤 아주 긴 시간이 흐른 느낌 알지? 그러는 동안 가슴마저 텅 비었어. 아무런 생각도 안 들고, 몸이 잘려 나가고도 그냥 살아서 꿈틀대는 벌레란 느낌이 들었어. 친구들이 내 심정을 어떻게 알겠어. 절대 모를 거야. 죽고 싶은 생각이 자꾸 들었어.

중학교에 약간은 기대를 했었는데, 막상 중학교에 들어와서는 상황이 더 안 좋았어. 갑자기 아이들이 변한 것 같았거든. 이타적이었던 아이들도 이기적으로 돌아서고, 덩치가 커진 아이들은 괜히 툭툭 치면서 시비를 걸고 괴롭혔어. 왜 쳐다보느냐? 걸음걸이가 삐딱하다 하면서 말이야. 그리고 〈달달회〉 아이들 때문에도 괴로웠어. 똥형을 만나기 불과 얼마 전까지도 그런 일이 있었어. 그래서 희망이 점점 사라지는 차가운 느낌이었다고나 할까. 그랬어.

우리 학교 운동장 끝에 옹벽이 있잖아. 그곳 밑으로 차들이 쌩쌩 지나가는 것을 보면서 생각했어. 뛰어내리면 금방 죽겠지. 하루 종일 찾아오는 괴로운 심정도 끝나겠지. 친구들은 물론이고 사회에 나간다고 해도 나 같은 놈을 누가 환영해 주겠어?

그러지 못할 바에는 끝내는 게 좋겠다는 생각으로 언제 죽을까 하면서 지난주부터 기회를 보려고 운동장 끝 옹벽으로 갔는데, 커다란 탱크로리 차량이 지나가는 거야. 순간 저런 것에 깔리면 그대로 죽겠다 싶었어. 죽는다면 어떻게 될까? 엄마 아빠가 날 보고 그 자리에서 까무러치실 것 같다는 생각이 스쳤어. 한편으로는 '이 바보야 네가 죽으면 끝이지, 그런 것을 걱정하느냐?' 하는 생각이 들다가도 '정우야! 엄마, 아빠가 우리 정우 사랑하는 것 알지?' 늘 듣던 엄마 말씀이 떠오르더라. 온갖 생각이 뒤섞여 한바탕 머리를 복잡하게 쥐어짜고는, 그 시간이 지나니까 아무런 생각도 없이 멍청한 상태가 되어 버렸어. 그래서 '1주일만 더 생각해 보고 죽어야겠다' 했어. 죽기로 한 그날이 닷새, 나흘, 사흘, 이틀, 하루 앞으로 목을 조이듯이 다가오고 있었지.

'내일 점심시간까지 24시간이 남았구나. 그래 내일이다. 정말 모든 것이 끝났다.' 그렇게 죽기로 결심하고 마음을 정리하니까 오히려 마음이 편해졌어. 그때, 똥형을 만난 거야."

"정우야! 그런 일이 생겼다면 엄마 아빠는 더 이상 살아갈 이유도 희망도 잃었을 것이다. 정말 천만다행이다. 엄마 아빠도 그런 이야기는 처음 듣는다."

"엄마! 내가 모든 것을 포기한 바로 그때, 똥형이 내게로 온 거예요."

"그랬구나, 오늘은, 석동이 학생이 있으니까. 우리 정우가 속에 담아두었던 말을 다 하는 것 같아. 우리 아들이지만 모르는 게 많아. 아들아! 네게 있던 그런 고민을 이야기해 줘서 고맙다."

"그리고, 아이들이 뛰어노는 것을 보면 더 그런 생각이 들어. 특히 축구하는 것을 보면, 전에 우리 집 옆에 있던 공터에서 아이들과 땀 흘리며 공 찼던 기억이 나서 죽겠어. 난 영원히 축구는 못하겠다는 상실감은 이루 말할 수 없어. 배구, 농구도 생각해 봤는데 이것들도 손으로 하는 것 같지만, 가만히 보니까 모두 발로 하는 운동이더라. 한숨이란 것이 나왔어. 나같이 어린 녀석이 '휴~' 하고 한숨을 뿜어냈으니 엄마 아빠는 억장이 무너졌을 거야."

"정우야! 그동안 잘 견디어 주어서 엄마 아빠는 고맙다."

"네, 제가 부모님께 잘못했어요."

"오늘, 엄마 아빠는 우리 정우를 더욱 이해하는 계기가 됐다."

"부모님께 감사드려요."

"똥생! '나의 왼발'이라는 영화를 본 적 있어. 뇌성마비 소년이 전신은 거의 움직일 수 없고, 왼발만 움직일 수 있었거든. 이 소년은 어머니의 헌신적인 도움으로 왼발로 그림을 그리고, 나중에는 언어치료도 받아 발음도 좋아졌어. 그리고 자신의 절망과 고통을 자서전으로 기록해 작가가 되었어. 그를 도왔던 간호사의 사랑도 얻게 되었지. 똥생도 왼발은 온전하잖아? 똥생의 왼발도 큰일을 할 거야. 분명 그럴 거야. 꼭 그렇게 믿어! 우리 삶에는 패배가 없다고 생각해. 사람마다 환경이 다르고, 살아가는 방식이 다를 뿐이지. 무엇보다 삶은 그 자체가 성공인 거야. 삶에서 패배라는 것은 마음에 생기는 심리적 굴복이라고 생각해. 그러니까 심리적 굴복은 스스로 내리는 결정 같은 것이지. 우리 아빠한테 들었는데, 할아버지가 늘, '두 다리가 잘리고 장애가 된 것은 부당한 거라서 언젠가는 바로잡힐 거야.'라고 말씀하셨대. 부당한 것들은 잘못이고 바로잡히는 것이 맞다는 거지. 그러니까 우리 아빠의 다리도 내년 아니면 후년, 그다음 해라도 반드시 다시 생긴다고 하셨대. 그리고 중요한 것은 그것을 진실로 믿으셨다는 것이지.

다리가 다시 생긴다는 게 불가능하다는 걸 몰랐기 때문이 아니야. 장애는 어떤 이유로든 정당한 것이라고 할 수 없고, 더욱이 치료가 불가능하기 때문에 장애를 당연한 것으로 받아들일 수는 없다는 것이지. 진실한 생각만이 불가능을 뛰어넘을 수 있다는 말씀이었어. 그렇게 심리적으로 승리하셨다고 해."

"똥형, 이야기가 많은 도움이 되었어."

"제가 주제넘은 이야기를 했나 봐요"

"석동이 학생, 이야기 하나하나가 생각이 깊구나."

"네, 저도 다리를 잃는 장애가 생겼다면, 똥생처럼 생각했을 거예요."

"석동이 학생의 이야기는 새겨듣게 되는구나."

"정우는 내게 보석과 같은 친구예요."

"내겐 똥형이 보석이야. 그리고 똥형 만나기 전에는 내 고통만 생각했는데, 지금은 엄마 아빠의 고통도 나와 다르지 않다고 느끼게 되었어."

"그래 정우야. 그 고통으로 아빠는 몇 년간 일도 못 했잖니?"

"네, 잘 알아요."

"그때 아빠는 프레스 기계에 대한 트라우마로 공장을 바라볼 수도 없었고, 이곳으로 이사 와서도 아무 일도 못 하면서 그렇게

3~4년간 시간만 보냈어. 온 가족이 살아 있지만 살았다고 할 수 없는 비참한 상태가 되었지. 그러다가 마음을 다잡고자 매일 동네 골목을 깨끗이 쓸었어. 아빠의 반성이기도 하고, 마음의 응어리를 쓸어내린다는 생각으로 했지. 눈이 오거나 비가 오면, 동네 아이들한테 위험한 곳이 없나 둘러보고 계단이나 손잡이도 고치

고, 건널목에서 아이들 신호대기도 시켜 주고 지냈어. 하는 수 없이 생계를 위해 박스나 버려진 페트병, 알루미늄 캔을 주워서 팔았는데, 그렇게 시작해서 작은 고물상을 하게 됐지. 그게 지금 하는 일이야."

"그러셨군요? 고생이 많으셨겠어요."

"석동이 학생 이야기 들으니 크게 격려가 되네."

"제가 정우 아버님께 어떤 말씀을 드릴 수 있겠어요. 정우하고는 많은 이야기를 나누게 되네요. 마음이 통해서 그런 것 같아요."

"고마워, 석동이 학생. 우리 정우 이해해 주고. 또, 육상 훈련도 도와준다니 빚을 많이 진 것 같아."

"아니에요. 식사에 초대해 주셔서 감사합니다. 정우 학생 만나고 지난날을 떠올리게 되네요. 앞으로 정우에게 좋은 일들이 많이 생기길 바라고 있어요."

"똥형, 빨리 집에 가야 되지?"

"똥생, 아쉽지만 다음에 또 봐야겠다. 정우 아버님, 어머님 감사드립니다."

"똥형, 잘 가."

"똥생, 잘 있어."

· 11 ·
장애인 경기대회

정우는 매일 학교가 끝난 시간에 한창 육상 연습을 했다. 하루하루 훈련이 쌓여 가면서 이제는 무언가 할 수 있겠다는 의욕이 생겼다. 정우는 목표를 뚜렷하게 하고 싶었다. 이런저런 생각을 하다가 전국장애학생체전에 나가고 싶다는 생각이 들었다.

무엇보다 자신의 의지를 시험해 보려는 마음에서다. 정우는 더 나은 보행 능력과 할 수 있다는 자신감을 스스로에게 선물하고 싶었던 것이다.

"똥형, 나도 전국장애학생체전에. 나갈 수 있을까?"

"그럼! 목표를 갖고 노력하는 것, 그 자체로도 중요한 의미가 있어. 사실 우리는 목표가 있을 때, 더 힘을 쏟게 되잖아. 목표는 생각과 태도, 우리 생활을 달라지게 할 수 있거든. 그게 시작이 되어서 더 좋은 결과를 만들어 낼 수 있어. 똥생에게도 또 다른 동기를 제공할 거야."

정우는 1년 후에 대회에 출전하겠다는 계획을 세웠다. 목표는

200m다. 석동이는 동우와 함께 하면서 대회를 준비했다. 정우는 의족을 신고 체중을 견디는 일, 발에 힘을 싣고 달리는 법, 순발력을 높이는 훈련을 했다. 이런 훈련은 의족을 신고 달리면서 의족이 몸 일부처럼 기능하도록 하는 것이다.

정우는 육상을 위해 달리기 전용 의족을 새로 구입했다. 대회를 앞두고 무리하지 않고 꾸준히 체력을 단련할 것이다. 석동이는 정우를 위해 전국장애학생체전 관련 자료를 조사했다. 정우의 보행 능력이 달리기하면서 개선되었고, 재활운동을 병행하면서 더욱 좋아졌다.

매일 머릿속으로 달리기 상황을 그리며 정우와 아이디어를 생각해 냈다. 똥이는 훈련 시간과 문제점을 기록으로 남기고 결과를 분석했다. 훈련 날짜와 결과를 그래프로 그리기도 했다. 정우는 매일 매일 그래프를 보는 것이 재미있었다.

"똥형! 무엇인가 발전하는 것이 눈에 보이니까 너무 좋아."

"똥생의 기록이 좋아지는 것을 보면서 나도 매일 보람을 느끼고 있어."

대회 날짜가 25일, 24일, 23일… 점점 다가왔다. 시간이 다가올수록 정우는 마음이 불안해졌다. 아마도 성적에 신경 쓰기 때문인 것 같았다. 석동은 정우에게 심리적 훈련이 필요하다는 생각에 무엇보다 마음을 차분히 하도록 했다. 석동은 마음이 안정되

지 못하면, 좋은 경기를 할 수 없다고 생각했다. 성적보다는 육상을 통해 자신의 능력을 키우려고 한, 처음의 다짐이 중요했다. 석동은 먼저 대회는 자신을 이기려는 경기이고, 자신의 노력을 다른 선수와 견주어 평가할 수 있는 좋은기회 라는 것을 항상 염두에 두도록 격려했다. 정우는 하루하루 철저하게 준비하면서도 침착한 심리상태를 유지하기 위해 노력했다.

대회가 일주일 앞으로 다가왔다. 정우는 잠이 오지 않았다. 똥형이 그동안 대회 출전을 위해 도와주었으니 그에 대한 보답으로 잘해야겠다는 부담감이 생겨서인 것 같았다. 좋은 성적을 내겠다는 욕심도 약간 있었다. 그래도 정우는 똥형의 이야기를 생각하면서 마음의 여유를 가지려고 했다.

대회 3일 전이다. 약간의 떨림과 설렘이 묘하게 교차 되고 있었다. 이번 대회는 똥형과 정우, 둘만 대회장에 갈 계획이다. 내일 출발해서 먼저 숙소를 정하고, 얼마간 휴식을 취한 후, 모레 대회에 출전할 것이다. 혹시 의족에 문제가 있을까? 하는 생각에 바닥의 고무와 연결부의 조립 상태도 다시 점검했다. 토요일 아침 일찍 똥형과 똥생은 대회장 근처로 가서 숙소를 잡고, 대회장 주변을 가볍게 산책하였다.

"똥생, 내가 전국체전에 나갈 때도 이렇게 떨리지 않았어. 그런데 똥생이 장애체전에 나가니까 좀 떨려."

"똥형, 난 이상해. 체전이 가까워지면서 하나도 떨리지 않아. 이젠 차분해졌어. 똥형이 나 대신 떨고 있나 봐!"

"그런 것 같다."

"사실, 내가 떨지 않는 것은 전부 똥형 덕분이야."

"다행이다."

"내일 대회를 위해 숙소로 돌아가자."

"똥생, 내 손을 잡아 봐! 똥생, 지금까지의 일들과 부담감은 떨쳐 내. 내일을 위해 마음을 비우고 푹 자야 해. 그게 똥생이 오늘 저녁 마지막으로 준비해야 할 일이야."

"알았어. 똥형도 나에 대한 걱정을 접고, 편한 마음으로 푹자!"

똥형과 똥생은 일찍 잠자리에 들었다.

대회 날이 되었다. 석동은 몇 가지 음료와 간식을 준비했다. 정우가 좋아하는 초콜릿 우유와 에너지바도 샀다. 대회장에 들어섰다. 분위기가 떠들썩했다.

이제, 정우가 출전한 중등부 지체장애 200m 경기가 시작되었다.

정우가 결승 출발선에 서 있는데 걱정과는 다르게 어느 때보다 침착해 보였다.

"준비, 땅!"

정우는 출발이 좀 늦었다. 정우는 한 명을 따라갔다. 조금 더 조금 더 힘을 내면 등수 안에 들것 같았다. 순간 정우는 균형을 잃었고 소리를 질렀다.

"으~악"

정우는 트랙에 쓰러지면서도 앞을 보고 있었다. 다시 일어났다. 선수들은 모두 결승선을 지났다. 정우는 걸어서 결승선으로 들어갔다. 등수 안에 들려는 욕심이 드는 순간, 발에 힘이 들어가면서 생긴 일이다. 정우는 자신에게 실망이 큰 것 같았다. 석동은 정우를 격려했다.

"똥생, 잘했어! 똥생은 순위권에 든 거야. 훈련 기간도 1년 정도밖에 안 되었는데 우리 둘이 해냈잖아. 넘어진 것은 문제가 아니야. 똥생은 최선을 다했어. 그게 우리 목표야. 똥생은 자신과의 싸움에서 이겼어."

그래도 정우의 얼굴에는 아쉬움이 느껴졌다.

"똥생, 친구들을 이기는 것은 처음부터 우리 목표가 아니었어. 나를 이기는 거였잖아. 그렇지 않아?"

"다 알지만, 아쉬움 때문이지, 뭐."

"사실 우리는 모두 넘어질 수 있어. 그것도 여러 번, 중요한 것은 정우가 오늘 했던 것처럼 다시 일어서는 거야."

"내 생각이 부족했어. 넘어질 수 있다는 것도 생각해야 했는데. 나 자신에 대한 아쉬움이 커."

"긍정적으로 생각해."

"내가 넘어지기 전에 심리적으로 흔들렸고, 넘어진 것은 그 결과였어. 그리고 내 마음을 흔든 원인이 욕심이었다는 것이 안타까워."

"똥생의 분석이 정확한 것 같아. 욕심이 있어야 더 높은 목표를 추구할 수 있지만, 과욕이 추락도 불러올 수 있잖아. 그 양면성을 알아야 했는데, 매우 어려운 일이지만…. 그 사이에 균형을 잡아야 한다는 것을 오늘 또 배운 거야."

"참 많은 것을 배운 것 같아. 똥형이 내게 자신감도 심어 주었고, 뒷바라지도 해주었기 때문에 내가 대회에 나갈 수 있었어."

"아니야. 똥생이 지난여름부터 해서 가을, 겨울, 그리고 봄이 오기까지 참 열심히 했잖아."

"똥형의 노력이 더 컸어."

"똥생, 내가 고등학생이 되면서 똥생에게 소홀해질까 봐 많이 걱정했어."

"아니야! 똥형이 고등학생이 되면서 내게 신경 쓰지 않아도 아무런 불평 안 했을 거야."

"난 늘 더 도와주고 싶었어."

"그동안 너무 잘해 주었어."

"내가 똥형 공부에 방해될까 봐 걱정했어.

"그랬구나."

"똥형! 이제는 나도 훈련하는 것, 대회 준비하는 법을 어느 정도 알았으니까 똥형은 이제 공부에 더 신경 쓰길 바라."

"고마워, 내 나름대로 열심히 공부하고 있으니까 걱정하지 마."

"똥생이 응원하고 싶어. 똥형 마음 다 아니까 그렇게 해줘."

"알았어. 똥생."

"똥형, 아쉬움 때문에 3학년 때 다시 한번 더 도전하고 싶어. 다시 일어서야지."

"대회에 한 번 더 출전한다고? 순위권에 들고 싶은 거야?"

"그런 것은 아니고 넘어지지 않고 완주하고 싶어. 이번 대회에서는 실격이라고 봐야겠지."

"같이 노력해 보자."

1년 후였다. 정우는 같은 대회에 출전했고 200m에서 아쉽게 2등을 했다. 정우네 부모님, 석동이, 민욱이와 민욱의 고등학교 친구 몇 명도 와서 축하해 주었다. 석동이는 긴장했기 때문인지 눈물이 글썽글썽했다. 민욱이도 정우의 손을 잡고 눈을 맞추며 오랫동안 이야기를 나누었다. 무엇보다 정우의 부모님이 무척 기뻐했다. 정우 엄마는 정우를 껴안고 얼굴을 만지며 한참을 우셨다. 마치 아들이 주검에서 돌아온 것처럼 정말 내 아들인지 얼굴을 확인하려는 것 같았다. 정우는 체력이 좋아지면서 생각, 태도, 의지, 모든 것이 바뀌었기 때문에 다시 얻은 아들과 같았을 것이다. 정우 아버지도 여러 감정이 교차하는 것이 보였다.

대회장 근처의 음식점에서도 오늘 치른 대회와 정우에 관한 이야기는 계속되었다.

며칠 후, 정우가 석동이에게 이야기했다.

"똥형, 오래전부터 생각했는데…"

"그래?"

"내가 고등학교 진학해서 1년간 할 일이 있어."

"똥생, 어떤 일이야?"

"똥형, 아버지께서 잘 못 걸으시잖아. 이제 목발에서 벗어나게 해드리고 싶어."

"아빠는 그렇게 되신 지 너무 오래되었어."

"그래도 1년 동안 재활 훈련을 도와드리고 싶어."

"1년간?"

"응, 그리고 진로는 고2 때 정할 거야. 내가 해온 재활 경험을 살려서 열심히 돕고 싶어."

"똥생, 고2 때 진로 정하고, 공부하면 늦지 않을까?"

"아니야, 그게 내가 선택한 진로야. 먼저 똥형 아빠 재활 훈련을 돕는 것이 우선이라고 생각해."

석동과 정우는 많은 이야기를 나누었지만, 재활을 미뤄서는 안 되겠다는 생각을 바꿀 수는 없었다. 이야기할수록 정우의 생각이 굳건하다는 것만 알게 될 뿐이었다. 정우가 그렇게 생각한 이유는 똥형에게 받은 도움을 똥형 아빠에게 돌려주고 싶어서 일 것이다. 똥생은 재활 훈련을 통해 보행 능력이 더 좋아질 수 있다는 것을 알았기 때문에 시간이 지나가는 것에 대한 안타까움도 있었을 것이다.

석동과 정우의 마음에는 형과 동생, 연민과 배려, 그리고 많은 시간을 함께하면서 생긴 끈끈한 우정 그 이상의 것들로 채워져 있었다. 마치 자일로 묶인, 암벽등반의 파트너처럼 말이다.

· 1 2 ·
할머니와 누렁이의 죽음

할머니는 문지방에 걸터앉아서 누렁이를 쓰다듬다가 외로움에 넋두리했다.

"서산의 해는 지는데, 우리 손주 똥이는 서울로 가고, 언제나 올꼬? 내일 올꼬, 모레 올꼬? 기다리는 똥이는 오지 않고 오늘도 소리 없이 그리움만 찾아왔구나."

할머니는 그렇게 말씀하시고는 눈물을 닦으셨다.

"이 할미는 점점 몸도 불편해지고… 어떻게 살꼬? 어떻게 살꼬? 세월이 무심하구나. 누렁아! 너는 아니? 말해 보려무나."

똥이가 서울로 간 지도 여러 해가 되었다. 할머니는 그동안 기운도 쇠하고 의욕마저 잃었다. 그럴 만도 하다. 젖먹이 어린것을 데려와 13년이나 키웠으니 말이다. 정이 흠뻑 든 데다 할머니의 손과 발이 된, 말 잘 듣는 손주였으니 그리움이 클 것이다. 똥이와 전화를 자주 하지만 그리움은 날로 커져만 갔다.

똥이가 서울로 가기 전에 똥이는 누렁이와 함께 시장에 다녔다.

똥이는 이것저것 장을 보고 누렁이 등에 있는 조끼 양쪽 주머니에 장 본 것을 넣어서 왔다. 지금은 누렁이 혼자 똥이를 대신해서 심부름한다. 할머니는 누렁이 목에 비닐 주머니를 매달았다. 그곳에 시장 볼 것을 써넣어 주면서 이야기한다.

"누렁아, 숙자네 구멍가게 심부름 좀 갔다 오거라. 똥이하고 다니던 곳이야. 어이 착한 것, 곧장 가야 해. 이곳저곳 들르면 안 돼! 알았지?"

"끙"

"어서 가~!"

"끙~ 끙~"

"누렁이가 왔나 보구나."

숙자 엄마는 누렁이가 온 것을 알아채고 밖으로 나온다.

"우리 누렁이 왔구먼. 잘 왔어. 우리 누렁이는 큰 일꾼이야. 아들이지, 뭐. 똥이 할머니는 잘 계셔?"

"끙~ 끙~"

아주머니는 누렁이를 만져 준다.

"우리 누렁이 먹을 것이 뭐 있나?"

숙자 엄마는 햄이나 찌그러진 통조림 같은 것을 구해 놓았다가 누렁이에게 주신다. 누렁이는 꼬리를 흔들면서 받아먹는다. 아주머니는 시장 본 것을 누렁이 주머니에 넣는다.

"다 됐어. 할머니에게 가서 '시장 봐왔습니다.' 하거라."

숙자 엄마는 할머니가 드실 밑반찬도 잊지 않고 챙겨서 넣어 주신다. 짐이 많으면 누렁이에게 한 번 더 오라고 이야기한다.

"누렁아! 한 번 더 와야 해. 빨리 갔다 오거라."

"끙~"

누렁이가 이렇게 시장을 본 지도 3년이 넘었다. 똥이가 있을 때도 할머니는 움직임이 불편했다. 그래서 똥이는 누렁이와 장을 보면서 미리 훈련했다. 그런데 똥이가 중학생이 되면서 서울로 가던 해, 할머니가 겨울에 김장거리를 보러 시장에 갔다가 넘어지셨다. 그 후로 허리를 더욱 못 쓰신다. 이제는 숙자네 가게를 가기도 힘겨울 정도가 됐다. 누렁이는 할머니가 아프다는 것을 알고 있을까?

할머니는 누워 계시는 때가 많다. 똥이가 있을 때는 음식 찌꺼기나 먹을 것이 제법 있었지만, 지금은 남은 음식도 없다. 할머니는 입맛이 없다. 말라붙은 밥 덩어리를 끓여서 할머니도 드시고, 누렁이에게도 준다. 할머니가 좋아하시는 것은 북엇국과 미역국인데, 끓이는 방법이 똑같다. 북어나 미역을 물에 불렸다가 들기름에 달달 볶고 물이나 쌀뜨물을 부어 끓인 다음 소금 간을 약간 하는 식이다. 누렁이의 식성도 할머니를 닮았다. 남은 북어 대가리와 껍질은 끓여서 누렁이 먹이가 된다. 간식으로 고구마와 감자를 좋아하는 것도 같다. 지금은 고구마와 감자를 쪄서 통으로 으깨 누렁이에게 준다. 누렁이와 할머니가 나누어 먹는 셈이다. 이제 누렁이도 할머니처럼 먹는 게 줄어들었다.

오늘도 누렁이는 문 앞에 앉아서 눈을 감았다가 떴다가 반복하면서 종일토록 무엇인가를 생각한다. 할머니를 걱정하는 것이 분명하다.

'할머니, 아니 어머니! 오래오래 사시고 건강하세요. 이 누렁이의 바람은 그것뿐이 없어요. 이 누렁이는 엄마가 나를 정성으로 키워 주셨다는 것을 다 알아요. 엄마의 따뜻한 품이 그리워요. 엄마 냄새는 왜 그렇게 좋은지 몰라요. 엄마가 곁에 있으면 마음이 평온해지고 행복해요. 내 몸이 그렇게 말한다니까요.

그래서 말인데요. 누가 엄마한테 조금이라도 나쁜 짓을 하면 누렁이는 가만있을 수가 없어요. 가슴이 벌렁거리면서 이빨이 드러나고 모든 털이 곤두선다고요. 그땐 물러설 수 없지요. 그게 내 마음인걸요. 그게 누렁이라고요.'

요즘 들어 그런 마음이 누렁이에게 있다는 것이 더 크게 느껴진다.

숙자네 가게 아주머니는 두어 달에 한 번씩 할머니를 찾아와서 외상값을 받으신다. 누렁이도 숙자 엄마를 좋아한다. 누렁이는 꼬리를 계속 흔든다. 숙자 엄마는 '기특한 것' 하시면서 쓰다듬어 주신다. 또 가끔은 누렁이를 위해서 유통기간이 다 되어가는 소시지도 챙겨 오신다.

숙자 엄마는 오늘도 북엇국과 늙은 호박죽을 쑤어 오셨다. 얼마는 덜어 놓고 나머지는 냉장고에 넣었다. 그러면 할머니는 다음에는 그러지 말라고 거듭 부탁하신다. 숙자 엄마는 할머니께 늘 고맙다고 하시며 친정어머니처럼 대하신다.

숙자 엄마의 남편은 알코올 중독자라 신혼 때부터 일은 하지 않고 강술만 먹다가 간경화에 걸렸다. 그러고도 술을 끊지 못하고 계속 먹다가 간암에 걸려서 얼마 있는 재산마저 모두 병원비로 쓰고, 적잖은 빚을 남긴 채 죽었다. 숙자네는 농사를 지을 땅도 없고, 살아가기가 막막했다. 농촌 가을걷이를 한창 할 때라 마을에 얼마간 돈들이 생겼지만 아무도 숙자네한테 돈을 빌려주려고 하지 않았다.

"빚이 산더미인데, 어떻게 갚아. 또 돈을 빌려달라고? 쯧쯧."

모두 고개를 저었다. 되돌려 받을 수 없다고 생각해서다. 그때 할머니와 할아버지는 새댁이 불쌍하다고 걱정하시면서, 어린 숙자와 어떻게든 살아가라며 차용증 같은 영수증도 쓰지 않고, 있는 돈을 모두 내어주셨다. 이자도 한 푼 받지 않았다. 그게 거의 30년 전 일이다. 숙자 엄마는 그 돈을 20년에 걸쳐 갚았다. 할아버지는 그동안 한 번도 빚 독촉을 한 적이 없고, 도리어 그 돈은 이미 우리 손에서 떠났으니 숙자네 돈이라고 했다. 숙자네는 그때 '숙자네'라는 구멍가게를 냈다. 그리고 억척스럽게 해서 빚도 갚고, 숙자는 교육대학을 나왔다. 숙자 엄마는 지금도 그 빚은 평생 갚지 못할 은혜라고 입버릇처럼 말한다.

숙자는 시골 오지에서 교편을 잡다가 어느 섬에 있는 학교로 갔

는데, 그곳이 폐교 위기라는 소식을 듣고 자원했다고 한다. 숙자
도 집에 올 때면 할머니께 들러서 항상 고맙다고 하며 할머니가
좋아하는 미역을 가져온다. 그렇다고 해서 할머니는 냉큼 받는
법이 없다. 어른이 주는 용돈이라며 몇만 원을 손에 쥐여 주신다.

오늘도 숙자 엄마는 외상값에서 기어이 삼만 원을 '어머니' 용돈
이라며 떼어 놓는다. 그래도 숙자 엄마의 얼굴에는 더 드리지 못
한 아쉬움이 역력했다. 숙자 엄마는 할머니에게 식사를 제때 하
시라고 여러 번 당부하고서야 마당을 나선다.

"어머니, 안녕히 계세요."

"알았어. 잘 가게나."

"누렁이도 잘 있어. 할머니 말씀 잘 들어 알았지?"

"끄~응"

누렁이는 어느새 살살 따라나섰다. 문밖으로 나가서 숙자 엄마
가 멀리 사라질 때까지 '끄으응 끄으응' 소리를 낸다.

어느 날 저녁이었다.

갑자기 전화벨이 울렸다. 시골에서 온 전화였다.

"네가 석동이니?"

"네, 석동이에요."

"그래, 아빠 좀 바꿔 줘라."

"알겠어요."

동네 이장이었다. 할머니가 그제 돌아가셨다는 것이다. 그리고 할머니의 유언에 따라 오늘 낮에 장례가 치러졌다고 전했다. 할머니는, 아들은 몸이 불편하고 며느리는 10년 넘게 중환자이며, 손주 똥이는 공부하느라고 바쁘니 당신이 죽으면 바로 장례를 치러 달라고 했다는 것이다. 친척들도, 아들 재우에게도 먼저 장례를 치르고 나중에 알려 달라고 하셨단다. 동네에서도 많은 이야기가 오갔으나, 할머니의 유언에 따라 서운하지만 그렇게 했다고 한다.

　숙자 엄마의 말에 따르면, 얼마 전에 누렁이가 와서 끙끙하길래 급히 따라가 보니 할머니가 문지방에서 넘어지면서 고관절에 골절이 생긴 것 같았다고 했다. 그 후 기어서 방으로 들어가셨지만, 기력도 없고 움직이지 못하셨단다. 숙자 엄마는 할머니가 걱정되어 돌아가시기 전에도 찾아뵈었는데 겨우 그런 유언을 남겼다는 것이다.

　숙자 엄마가 할머니를 병원으로 모시려고 애썼지만, 한사코 싫다고 하면서 이것저것 부탁을 하시고는 그다음 날 돌아가셨다고 했다.

　할머니는 당신이 죽으면 할아버지와 합장해 달라고 하셨고, 장례를 치르고 남은 돈은 동네 어려운 이웃을 도와주라며 내놓았다. 할머니 유품은 모두 깨끗하게 태우고, 부조금도 갚을 길이 없으니 일절 받지 말라고 하시고. 서울 재우도 그렇게 하길 원할 거라며 걱정하지 말라고 하셨다.

끼고 있던 금가락지는 며느리에게, 똥이에게는 대학 등록금에 보태라며 400만 원을 남기셨고. 아들하고 며느리에게는 미안하다고 했으며, 똥이에게는 할머니도 똥이 많이 보고 싶었는데 참았다면서, 똥이도 할머니가 보고 싶으면 열심히 공부하라고 부탁하고는 그만 그렇게 가셨다고 했다.

할머니는 누렁이를 걱정하시며 서울 똥이한테 보내 달라고 했단다. 그런데 이상하게도 할머니가 돌아가시고 나서 누렁이는 일절 먹지 않고 있다고 한다. 아빠는 아들 석동이하고 토요일에 내려가서 인사드리고, 할머니 산소를 본 뒤 누렁이를 데려오겠다고 했다.

아빠는 염려하던 일이 벌어져 결국 이렇게 되었다며 흐느꼈다.

"흐…"

똥이도 할머니 생각에 눈물이 흘러내렸다.

토요일이다. 아빠와 똥이는 서둘러 시골에 갈 준비를 했다. 간병인을 불러서 엄마를 돌보게 하고, 승용차도 마련했다. 승용차는 아빠의 공장 직원이었던 분이 영업용택시를 운전하는데, 옛날 사장님께 진 빚을 갚겠다며 전부터 일이 있으면 꼭 한번 불러 달라고 해서 연락을 취했더니, 기꺼이 하루 시간을 내주겠다고 하

여 준비할 수 있었다.

 시골에 도착하자마자 우선 시골집으로 갔다. 똥이가 할머니와
함께 살던 방 앞에 누렁이가 누워 있었다. 누렁이는 인기척을 듣
고 눈을 뜨더니 똥이를 보고는 정신을 놓은 사람처럼 힘없이 다

가왔다. 똥이는 누렁이를 쓰다듬어 주었다. 배는 쑥 들어가고, 까칠하다. 고개를 떨군 채 눈물을 글썽이고 말로는 표현할 수 없는 슬픈 눈빛이다. 밥그릇에는 먹이가 그대로 붙어 있었다. 동네 사람들이 준 것일까? 할머니 방은 깨끗하게 치워져 있고, 사진 액자만 벽에 남아 있다. 액자에는 할아버지 젊었을 때 사진, 할머니 할아버지 결혼식 사진, 똥이가 태어났을 때 가족이 모여 찍은 사진이 있었다.

그 사진들은 할아버지 집이 불탔을 때 찾은 것이다. 똥이는 액자를 가져가고 싶어 차에 실었다. 할머니 옷가지며 생활용품은 모두 태운 것 같았다.

옆집 아주머니가 오셨다. 할머니가 남긴 순금 쌍가락지와 할머니가 손주에게 남긴 등록금을 전해주었다. 그리고 동네 사람들이 모은 돈 얼마를 주었다. 할머니가 부조금은 받지 말라고 했으니 똥이 학비로 써달라고 했다. 재우는 그 돈을 동네 사람들에게 내놓겠다고 했다. 동네 어른들께 너무 많은 신세를 져서 면목이 없다고 했다. 그러자 아주머니는 오히려 이 동네서 재우네 엄마, 아빠 도움받지 않은 사람이 없는데 무슨 소리냐며 허망하고 슬퍼서 그렇게 할 수는 없는 일이라면서, 동네 사람들이 모두 마음을 전하기로 뜻을 모았으니 받아 달라고 했다. 재우는 그런 성의에 어찌할 수가 없었다.

아빠와 똥이는 누렁이를 데리고 산소로 향했다. 묘지는 합장되어 있었다. 누렁이는 묘지 주위를 킁킁이며 빙빙 돌고 있다. 벌써 서너 바퀴째다.

"우리 똥이 애미 곁으로 가면, 이 할미는 외로워서 어떻게 살꼬? 할아버지 옆

에서 쉬어야지."

똥이는 할머니가 하시던 말씀과 모습이 떠올랐다.

"할머니! 편안하게 쉬세요. 너무나 고마웠어요. 할머니께서 똥이에게 많은 것을 주시고 가셨어요."

똥이의 눈에서는 눈물이 뚝뚝 떨어졌다. 아빠도 울고 있었다. 아빠도 부모님이 생각나서 그러시는 것이다. 아빠는 초중고 등하굣길에 늘 할머니 할아버지가 함께했다고 했다. 그 많은 시간과 세월을 눈이 오나 비가 오나 신앙처럼 자신을 돌봐 주었으니, 많은 생각에 목이 메는 것 같았다.

똥이는 할아버지가 3살 때 돌아가셨기 때문에 모습이 잘 기억나지 않지만, 할아버지가 하셨다는 말씀을 통해 할아버지의 성품과 목소리, 모습을 그려 본다.

"할머니 할아버지, 보고 싶어요."

할아버지와 할머니가 바로 옆에 계시는 것처럼 느껴졌다. 귓가에는 할머니께서 하시던 말씀이 나지막하게 들려왔다.

"똥아! 할머니는 항상 네 곁에 있어, 엄마 아빠 도와드리고 친구들하고도 잘 지내. 열심히 살아야 해, 알았지? 잘 가거라. 똥아… 똥아… 똥아."

할머니의 목소리가 계속 들리는 듯했다.

석동이는 아빠와 함께 누렁이를 데리고 서울로 향했다. 눈을 감았다. 자꾸 할머니의 모습이 떠올랐다. 그런데 서울로 온 누렁이가 이상하다. 아무것도 먹지 않는다. 새로운 환경 때문일까? 할머니를 보낸 슬픔 때문일까? 할머니께서 하시던 말씀이 생각났다.

"누렁이는 할머니 식성을 닮았어!"

북어를 한 마리를 사서 끓여 쌀밥에 말아 주니 조금 먹은 것 같아서 누렁이의 밥그릇을 살펴봤다. 국물만 먹었다. 누렁이는 아직도 할머니의 죽음에 대한 충격이 큰 것 같았다. 말은 못 해도 감정을 느끼는 것이다.

누렁이는 17살 정도 된다. 사람 나이로 치면, 100살이 넘었으니 천수를 산 것이리라. 누렁이가 그런 나이에도 살아 있는 것은 할머니의 심부름을 끝까지 해드리고 죽어야겠다는 강한 사명감 같은 본능이 있었기 때문일 것이다. 그렇지 않고는 그런 일이 쉽게 일어날 수 있겠는가?

지금 누렁이는 삶의 이유를 잃었다. 할머니는 누렁이 삶의 전부였을 것이다. 똥이는 할머니 산소에서 돌아오고도 할머니를 생각했다. 할머니께서 마지막으로 하셨다는 말씀이 마음을 아프게 했다.

"할머니가 똥이 많이 보고 싶었지만, 참았다."

그런 할머니의 마음이 느껴져서 슬펐다. 똥이는 할머니를 생각하면서 할아버지가 말씀하시던 '마음의 강'이 자신에게도 분명히 흐르는 것을 느꼈다.

"마음의 강"

똥이는 가슴이 뭉클해져서 자신도 모르게 가슴을 쓸어내리고 있었다.

누렁이가 서울로 온 지 5일째다. 산책하러 가자고 해도 조금 일어섰다가 다시 주저앉는다. 어제는 약수터와 국사봉 주위를 산책했는데 오늘은 전혀 움직이지 않는다. 내일 다시 시도해 봐야겠다.

"똥아! 누렁이가 오랜만에 저녁을 깨끗하게 비웠어. 누렁이가 이제는 힘을 내려나 보다."

"아빠, 누렁이가 밥을 다 먹었어요!"

"그래, 반가운 일이구나. 점심때부터 일어나 걷고 움직이면서 끙끙댔어."

"정말 다행이에요."

다음 날 아침이다. 누렁이가 보이지 않는다. 누렁이와 갔던 국사봉 산책길을 다녀 보았지만, 어디에도 없었다. 순간 누렁이가 시골집으로 가지 않았을까 하는 생각이 스쳤다. 아빠도 생각이 같았다. 똥이가 말했다.

"아빠! 내일 일찍 시골집에 가봐야겠어요. 누렁이를 그대로 두면 위험해요."

"그곳에 갔을 거야. 아침에 다녀오너라."

"알겠어요."

똥이는 일요일 아침 버스를 타고 시골집으로 갔다. 누렁이는 할머니 방 앞, 항상 있던 자리에서 보이지 않았다. 할머니 묘소로 갔을까? 똥이는 묘소로 향했다. 서울집에서 여기까지 200km나 되는데 어떻게 올 수 있었을까? 서울 집 근처 어디에서 사고가 난 것은 아닐까? 여러 생각이 떠올랐다. 그러는 동안 무덤에 도착했다. 봉분의 좌측이 파헤쳐져 있었다. 누렁이는 그 속에 웅크리고 있었다. 할머니의 냄새와 품속이 그리웠을까? 똥이는 놀라서 누렁이를 불렀다.

"누렁아! 누렁아!"

누렁이는 움직이지 않았다. 뻣뻣하게 굳어 있었다. 누렁이를 한없이 쓰다듬어 주었다. 짐승이지만 눈물이 핑 돌고 가슴이 먹먹했다.

"누렁아! 잘 자라. 넌 엄마 아빠를 찾아온 거야. 할머니 할아버지의 말벗도 되고, 심부름도 해줘. 밥도 잘 먹고 건강해야 해, 알았지? 누렁아! 정말 고마웠어! 누렁아, 넌 아니? 넌 나의 달리기

파트너였고, 마음이 통하는 친구였어. 그리고 넌 내게 큰 힘이 되었단다. 언제나 든든했단 말이야. 너와 난, 할머니와 할아버지의 똥강아지였잖아.

내 친구 누렁아! 너를 보낼 수 없다. 하지만… 흑흑, 잘 있어."

누렁이는 엄마 품에 새근새근 잠자는 아이처럼 평온해 보였다. 똥이는 봉분의 파헤쳐진 흙으로 누렁이를 덮어 주었다. 똥이는 눈을 들어 먼 산을 바라보았다. 눈에는 눈물이 맺히고 시야가 흐려져서 깜깜했다.

·13·
멋진 계획

아침이다. 아빠가 막 직장에서 돌아왔다. 똥이는 아빠 식사를 챙기고, 서둘러 학교에 갈 준비를 했다. 아빠는 식사 후 쪽잠을 자면서 엄마를 병간호하실 것이다.

아빠는 오래전부터 CAD 실무를 독학으로 익혀서 자격증을 땄다. 재택을 하면서 생활비를 벌려는 것이다. 그리고 집에서 일하면 고등학생인 똥이가 좀 더 공부하도록 도와줄 수 있다는 생각에서다.

그동안 작업한 샘플과 이력서를 몇 군데 보낸 것이 한 달 전의 일이었는데, 일주일 전에 한 곳, 그제 또 한 곳에서 연락이 왔다. 처음 연락이 온 곳에서 8개월치 정도의 일감을 준다고 해서 그곳과 계약했다. 아빠는 이 일을 먼저 시작하면서 다음 일감을 또 얻어야겠다고 생각한 것이다.

저녁 경비 일은 이번 달 25일까지 하고 그만두기로 했다. CAD를 배우면서 회사에도 미리 이야기했던 터였다. 회사에서는 다른 곳 경비를 똥이 아빠 경비 구역으로 배치했다.

똥이도 아빠가 집에서 일하게 된 것이 좋았는데, 아빠는 똥이보다 더 기뻐하신다. 아빠의 직장은 그리 멀지 않지만, 겨울이나 눈비가 올 때는 큰 도전이었다. 목발을 짚은 채 우산을 쓰는 것은 체력적으로 어려워 비에 흠뻑 젖기가 일쑤였기 때문이다. 똥이가 함께할 때가 많아도, 비바람이 칠 때 아빠 옆에서 우산을 받쳐 주기란 여간 어려운 일이 아니다.

아빠는 집에서 일하게 되면서 마음 놓고 엄마 병간호를 할 수 있고, 똥이가 공부하는 모습을 옆에서 가만히 지켜볼 수 있다며 즐거워했다. 아빠는 말썽 한번 부리지 않는 똥이가 대견하고, 고마운 한편 그런 아들에게 해준 것이 아무것도 없다는 생각이 풀지 못한 매듭처럼 가슴에 묶여 아쉬움으로 자리 잡고 있었다.

똥이는 그동안 아빠 엄마와 함께한 여행 같은 추억이 없다는 것이 마음에 걸렸다. 연말에는 대학수학능력시험으로 바쁠 테니까 봄 방학이 끝나기 전에 가족 여행을 하는 것이 좋겠다고 생각했다. 똥이는 이번 기회에 함께 여행을 가자면서 아빠를 졸랐다. 마침 아빠도 그런 생각을 하던 참이었다. 아빠와 똥이는 엄마에게도 이야기했다. 엄마는 "으~" 소리를 낸다. 똥이는 엄마의 얼굴을 쓰다듬어 보았다. 엄마의 표정이며 눈 깜박임이 느껴졌다. 엄마도 호응하는 눈치다. 그동안 우리 가족은 엄마가 아파 누워 계시

니 여행 같은 것은 사치라는 생각에 꿈도 꾸지 못했고, 엄마와 함
께 여행하려는 생각은 더욱더 하지 못했다.

더구나 아빠도 보행이 자유롭지 못한 데다가 엄마의 대소변 처리며, 음식을 사 먹는 것도 마음에 걸렸다. 왜냐하면 엄마는 '연하장애[4]'도 있어서 부드러운 음식이 필요한데, 끼니마다 그런 음식을 찾기란 쉽지 않다고 생각했기 때문이다.

똥이와 아빠는 여행 준비를 시작하기로 했다. 여행 가서 먹을 음식으로 죽과 영양식, 명란젓, 된장국을 준비했다. 엄마 옷가지며 환자복, 큰 수건, 물수건, 기저귀도 미리 챙겼다. 차량이 문제였다.

"장애인용 특수차량을 빌려야겠는데, 어떻게 하지."

여기저기 전화를 걸어서 알아보는데, 고맙게도 렌트 회사에서 운전 자원봉사자를 연결해 주겠다고 했다. 여행을 가겠다고 결정하니까 모든 일이 술술 풀렸다. 이제 코스를 정하고 사흘 후 출발할 것이다.

"아빠, 코스는 어디로 정하죠?"

"글쎄다. 이런 일이 처음이니 막연하구나."

"어디가 좋을까?"

"음, 이번 여행이 두고두고 추억이 되어야 할 텐데."

똥이는 생각했다. 우리가 이런 행복한 고민을 할 줄이야. 2~3일 전에는 생각지도 못했던 일이 아닌가? 2~3일 후에는 어떤 일

---

4 음식물을 삼키기가 어려운 증상. 삼킴장애라고도 한다.

이 생길지 누구도 모른다. 그러니 모든 일에 희망을 품어야겠다는 생각이 들었다. 이번 여행에서도 그런 의미를 찾아야지….

아빠와 코스를 짜면서, 먼저 할머니가 사시던 시골집에 가보기로 했다. 엄마도 궁금해할 것이고, 아빠도 할머니 집에서 확인해 보고 싶은 것이 있다고 했다. 그다음은 할아버지 할머니 산소에 들러 보려고 한다. 엄마는 산소에 가는 것이 어렵겠지만, 사진을 찍어서 보여 주면 좋겠다고 생각했다.

"아빠! 그다음은 어디로 가지요?"

"아무래도 바다로 가는 게 어떻겠니?"

"좋아요."

그래서 아빠와 난 바다를 편안하게 잘 볼 수 있는 방조제는 어떨지 생각했다. 바다를 보는 것은 엄마 아빠에게는 오랜만의 여행에서 추억이 될 것이다. 다음으로 사우나를 계획했다. 엄마가 사우나를 하면서 마사지와 때밀이 서비스를 받을 수 있을까? 그건 무리라는 생각이 들었지만, 꼭 해드리고 싶은 것은 욕심 때문일 것이다.

도전해 보기로 했다. 그런 곳이 있을까? 두 가지 조건을 만족해야 하는데, 어떤 곳이 있을까 생각하다가 도비도를 선택했다. 다음 행선지는 어디가 좋을까? 이튿날 아침은 근처 '해 뜨는 마을'에 가서 아침 해를 맞으리라. 서해에서 해뜨는 것을 본다는 것은 매우 괜찮다는 생각 때문이다. 다음으로 공주, 대전, 상주를 경유해서 영덕으로 가기로 했다. 동해안을 따라 올라가다가 망상이나 경포해수욕장 근처로 가고, 그때의 일정이 늦으면 중간에 숙박하는 것으로 정했다.

다음 날은, 마지막으로 해수욕장에 가서 백사장을 걷고 싶다. 바닷물이 들어와서 모래가 딴딴한 곳을 한없이 걸으면서 이야기를 나누고 오래도록 바다를 느끼고 싶다. 그리고 늦지 않은 시간에 영동고속도로를 타고 서울로 돌아올 것이다.

이렇게 여행 계획을 세우는 데에만 몇 시간이나 걸렸다. 똥이와 아빠가 새벽 1시까지 머리를 짜낸 것이다. 아빠의 오랜 기억을 떠올리고, 엄마의 입장에서 생각하고 준비했다. 우선순위를 정하자면 엄마, 아빠 그리고 똥이 순이다. 여행에서 바다에 두 번이나 가는 것도 엄마가 거의 20년 침대에만 누워 있었기 때문에 넓은 바다를 선물하고 싶어서다. 부산까지 가는 것도 생각해 보았으나 또 한 번 특별한 여행을 위해 남겨 두기로 했다. 아빠가 말했다.

"똥아! 우리의 계획은 성공했다."

"네, 멋진 계획이에요. 아주 훌륭해요."

"이제 여행만 성공하면 완벽해! 그렇지 않겠니?"

"네, 꼭 그렇게 될 거라고 생각해요."

"엄마한테도 이야기하려무나."

"네."

똥이는 엄마에게도 전체 여행 계획을 알려 주었다. 엄마의 흐느낌이 계속되었다. 아빠가 똥이를 불렀다.

"똥아! 우리가 이렇게 여행 계획을 세운 것만으로도 아빠는 눈물이 나오는구나."

"아빠! 똥이도 마찬가지예요. 오늘 밤, 잠을 이루지 못할 것 같아요. 초등학교 때 소풍 가는 날은 할머니가 읍내 장에 가서 음료수며 초콜릿 등을 사 오셔서 저녁에 조금 주셨거든요. 그다음 날 아침에 햄을 볶아서 노란 단무지와 김밥을 싸주신다고 하면, 전날 밤은 행복한 마음에 가슴이 부풀어 잠도 오지 않았어요. 그래서 뜬눈으로 지새우며 소풍날 아침을 맞이했어요. 잠을 자면 내일이 안 올 것만 같았거든요. 지금 꼭 그런 기분이에요."

"똥아! 이번에 우리가 어려운 결정을 했으니. 여행을 통해 우리 가족이 새 힘을 얻고 엄마도 마음이 한결 가벼워졌으면 좋겠다. 똥이도 그랬으면 좋겠고."

"아빠! 난 벌써 여행한 것 같은 기분이 들어요. 새 힘이 나는걸요."

"아빠도 힘이 생기는 것 같구나."

"앞으로 아빠도 몇 개월간 CAD 작업을 하시려면 마음의 휴식이 필요할 것 같아요."

"아빠는 똥이가 힘들 것 같아서 걱정이다. 대학수학능력시험 때까지만이라도 누가 똥이를 뒷바라지해주면 좋을 텐데. 오히려 똥이가 엄마 아빠를 도와야 하니 그게 안타깝다."

"아빠, 세탁이며 밥 짓는 것은 오래 하다 보니 요령이 생겨서 별로 시간이 걸리지 않아요. 밑반찬을 잘 준비해서 시간을 줄이려 하고 있어요. 아빠 너무 걱정 마세요."

"엄마 간병과 집안일을 잘 조직해서 시간을 줄여보자."

"알았어요."

"똥아! 할머니와 할아버지가 계실 때 왜 이런 가족 여행을 한 번도 생각하지 못했는지. 모든 것은 내 다리가 불편하다는 핑계였지. 어릴 땐 엄마 아빠가 나에게 해주는 것은 당연하다고 생각했어. 나이가 들어서는 내가 부모님 여행을 시켜 드려야겠다는 생각은 했어도 엄두를 내지 못했단다. 내가 부모님의 사랑을 얼마나 많이 받았는지도 이제 서야 느껴. 참 어리석었지. 지금은 엄마 아빠가 계시기만 해도 좋을 텐데. 그러면 부모님의 입장을 조금은 더 생각할 텐데. 몹시 후회가 돼."

"저도 아빠의 이야기를 들으면서 많이 느껴요."

"사실 똥이는 할머니, 할아버지가 다 키웠어. 똥이 에겐 엄마 아빠와 같은 분이시지."

"네, 지금도 할머니에 대한 기억이 매일 나요."

"왜 안 그렇겠니? 그래서 지금은 내가 똥이 아빠로서 자격이 있는지 자주 묻게 돼. 아빠 자격시험이 있다면 난 떨어졌을 거야."

"중요한 것은 이해와 배려 같아요. 그러기 위해서는 우리가 할머니 할아버지가 되어 보는 거지요. 그러면 그분들처럼 조금은 너그러워져요."

"그래, 그렇게 생각의 폭을 넓히면 훨씬 좋겠구나."

"아빠는 잘하고 계셔요."

"아빠도 내가 장애인인 것만 생각하고, 다른 사람을 헤아리는 마음을 키우지 못했다. 장애인이니까 당연히 배려받아야 하는 것은 아니잖아. 배려받으면 감사할 일인데 말이지. 내가 장애인이라도 남을 도울 수 있고. 돕는다는 것은 여러 가지 의미야. 사람들은 돈을 주거나 물리적으로 힘든 것을 생각할지 모르지만, 그게 전부는 아니야. 칭찬과 격려가 될 수도 있겠고, 좋은 글이나 그림도 힘을 줄 거야. 작은 나눔으로도 도움을 줄 수 있을 테고. 생각과 행동으로 긍정의 힘을 보탤 수도 있겠지. 그것도 아니면, 웃음을 지어 보일 수도 있지 않을까."

"아빠 좋은 생각이에요. 어, 지금 엄마 마사지해 드릴 시간이네?"

"우리가 이야기를 나누느라 시간 가는 줄도 몰랐구나."

아빠와 나는 엄마의 근육을 풀어 드리고 마사지했다. 그리고 엄

마의 몸을 뒤척여 움직였다. 우리 가족은 시간도 늦었고 피곤이
몰려왔지만, 마음이 들떠서인지 좀처럼 잠을 이루지 못했다.

· 1 4 ·

긴 대화

우리 가족이 여행 계획을 세운 지 팔 일이 지났다. 드디어 오늘 여행을 간다. 아침 시간이지만 너무 서두르지는 않았다. 여행을 위한 여행을 하려는 것이 아니기 때문이다. 단지 '가족의 휴식'에 여행이라는 수단을 이용하려는 것뿐이다.

우리는 9시에 출발했다. 12시가 되었을 때 첫 경유지인 할머니 집에 도착했다. 본채는 불에 타 흔적만 볼 수 있었다. 여기저기 잡초가 자라나고 담벼락에서는 도둑고양이가 우리를 빤히 보고 있다. '너희는 누구냐? 이 집 주인은 나야.'라고 말하는 듯 꼼짝하지 않고 있다. '뭔가 허튼수작하면 할퀴어줄 거다.' 하는 신호를 보내는 것이리라. 그 당당함에 나도 모르게 답을 했다.

"알았어."

고양이는 말을 알아들었는지 그제야 느릿느릿 걸어갔다. 할머니와 똥이가 살던 헛간을 개조한 집은 그대로 있다. 지붕에서 내려와 방문 곳곳에 쳐진 거미줄은 시간의 흐름을 소리 없이 말해 주고 있다.

똥이는 누렁이가 달려오고 할머니가 방문을 열면서 "아이고, 우리 똥이 왔어." 하시면서 환하게 웃으시던, 그때의 할머니 모습이 방문에 겹쳐 떠올랐다.

똥이는 아빠와 할머니 할아버지 묘소로 향했다. 그곳에서 묘지와 주위 사진을 여러 장 찍고, 엄마에게 하나하나 보여 주면서 설명해 주었다.

"엄마 이게 할머니 할아버지 합장묘예요. 내가 초등학교 때 거의 매일 할아버지 묘지까지 누렁이와 달리기를 했어요. 지금은 누렁이가 이곳에 묻혀 있어요. 이것은 묘지에서 보이는 강인데, 할아버지가 좋아하셨던 강이에요. 똥이도 여름철에는 이곳 동네 아이들과 물놀이하고 헤엄치며 놀았어요."

엄마는 눈을 깜빡깜빡하시고 "으~ 으~~" 하면서 뭔가 말을 하고 싶어 하신다. 똥이는 할머니께 들었던 이야기를 떠올리며, 할아버지 집에 불이 났을 당시 할머니가 나를 안고 굴러서 불길에서 나온 일, 다리에 남아 있는 화상 자국, 할아버지의 죽음에 대해 엄마에게 이야기해 주었다. 그리고 지금 있는 이 집은 헛간을 개조해서 할머니와 살게 되었다는 것도 들려주었다. 엄마가 흐느끼는 것이 느껴졌다.

"흐……."

똥이는 엄마가 앉아 있는 휠체어를 밀면서 마당을 돌았다.

"엄마, 그건 지나간 일이지만, 사람은 '왜?'라는 공간이 채워져야 생각의 목마름이 해결되나 봐요. 나도 '왜?'라는 질문을 자주 하는데, 엄마도 그랬을 거란 생각이 들어요. 엄마가 병상에 누워 있던 시기에 시골에서 그런 일이 있었다는 것을 알려드리고 싶었어요. 그래서 지금 이 시간이 더 소중한 것 같아요. 일상의 소중함이 느껴지거든요. 시간은 물러서지 않고 언제나 앞으로 나아가는 것처럼 우리도 과거의 상처들을 지닌 채 그렇게 앞으로 나아가야겠지요?"

아빠는 할머니가 사시던 방의 문지방, 문틀, 문 앞마당을 유심히 살피다가 방으로 들어가서는 한참을 지나서야 나왔다. 그러고는 무엇을 찾은 것처럼 똥이를 불렀다.

"똥아! 똥아! 의문이 풀린 것 같다."

"아빠 뭐예요? 할머니와 관련된 것이지요?"

"그래."

"그럼 할머니 돌아가신 이유 같은 것 말인가요?"

"너도 느낌이 있었나 보다."

"동네 사람들 말로는 할머니가 문지방 앞에서 쓰러지신 후에 고관절 골절이 생긴 것 같다고 했어. 그리고 며칠간 앓다 돌아가셨다고 했거든. 그런데 할머니가 어떻게 쓰러지시고, 왜 돌아가셨는지가 도저히 풀리지 않는 미스터리였지."

"그런데 그게 풀렸단 말씀이죠?"

"그런 것 같다."

"아빠! 난 '왜?'라는 말이 참 신비롭다는 생각이 들어요. 그 말은 질문이면서 의문인데, 그 모호함의 변주가 오히려 뚜렷함을 나타내 주거든요. 그러니까 질문은 모든 일과 사건의 배후를 파고드는 집요하고 끈질긴 수사관 같아요. 끝없는 반문을 통해, 생각의 허점을 도려내고, 논리의 모순은 벗겨 버리고, 사고의 한계를 끌어 올려서, 우리가 진실에 다가서도록 돕는다는 생각이 들거든요."

"그래 그거야. 똥이의 생각 그대로야."

"아빠! 그동안 똥이도 '왜?'라는 질문과 많이 싸운 것 같아요."

"그럴 게다. 왜! 왜! 왜! 이해할 수 없는 일들이 우리 삶에는 유난히 많았으니 말이다."

아빠의 말은 이랬다. 일반적으로 사람이 앞으로 쓰러지면, 고관절 골절이 발생하지 않는데, 할머니는 방에서 뒷걸음질 치다 문지방에 걸려 뒤로 넘어지면서 엉덩방아를 찧어 사고가 났다는 것이다. 할머니는 연세가 많아 근육이 빠진 상태고, 뼈도 약해져 충분히 그런 사고가 날 수 있단다. 사람이 뒤로 넘어질 때는 무엇인가 잡으려는 본능이 있는데, 문틀을 보면 오래전 일이라 확인하

기가 쉽지 않지만 아주 희미하게 손톱자국이 남았다고 했다.

현기증이나 어지러움, 기립성저혈압, 이석증, 내이의 전정기관 이상 같은 것으로 노인들이 갑자기 쓰러지는 것은 흔히 있을 수 있는데, 할머니도 '어, 어' 하시다가 문틀에 걸려 마당으로 나가떨 어지신 것으로 보인다고 했다.

아버지는 할머니가 순식간에 사고를 당했을 것으로 추측하고 있었다. 할머니가 드시는 것이 부실했던 것도 원인이 되었을 것이라고 했다. 그 후 죽음의 과정은 할머니가 마땅히 그랬을 것으로 생각이 든다고도 말했다. 할머니가 치료를 거부하고 유언을 했던 것이 하나의 이유인데, 고관절 수술을 하면 서울로 와서 병원에 한두 달 입원해야 하고. 그러면 며느리가 누워 있는데 참 염치가 없다고 생각하셨을 것이다.

아버지는 할머니가 이런 상황을 파악하셨기에 당신이 몇 년 더 살겠다고 몸도 불편한 서울 아들네 고생시키고, 얼마 있는 돈 홀랑 쓰고 죽느니, 마을에 기부도 하고 똥이 대학 등록금으로 내놓는 게 좋겠다고 결정했을 것이라고 하셨다.

"그래서 말인데……."

"아빠! 그래서요?"

"그래서 할머니는 지독하고 또렷한 정신으로 음식을 끊고, 원시 신앙의 '살레카나⁵'처럼 삶을 의식하는 가운데 당신 스스로 그렇게 죽음으로 걸어 들어간 거야."

난 아빠 말에 고개를 끄덕였다.

"그것은 각성된 죽음 또는 선택된 죽음이라고 해야겠지."

---

5 음식을 끊고 신체와 욕망를 바르게 소멸시켜 죽음에 이르는 인도 자이나교 의식

"그렇군요."

그렇기 때문에, 할머니가 조용히 장례를 치러 달라고 부탁하신 것도 이해할 수 있다고 했다. 아빠는 그게 할머니의 죽음에서 채워져야 했던, '왜?'의 공간이었다는 것이다. 똥이도 할머니의 죽음에 '왜? 왜일까? 왜 그랬을까?' 하는 생각이 들었는데, 아빠의 '연역적 추론[6]'으로 이제야 이해가 되었다고 했다.

"아빠! 할머니는 마땅히 그러셨을 거예요."

"그래, 그랬을 거야."

도비도에 가는 차 안이다. 옆에서 엄마는 이야기를 다 들으셨는지 눈물을 흘리신다. 아빠가 나를 보았다.

"똥아 할머니는 말이야. 신앙인이 아니었지만, 할머니의 삶은 진실한 신앙인이셨어."

"네, 알아요. 할머니가 더욱 보고 싶어져요."

"시골에 사셨지만, 우리에게 많은 배움을 주셨지."

아빠는 할머니 생각이 떠오른 듯 말꼬리를 흐리셨다.

도비도 근처에 다다랐다. 방조제가 보였다. 끝없이 긴 방조제다. 나는 운전 자원봉사자의 도움으로 엄마의 휠체어를 방조제로 밀어 올렸다. 똥이와 아빠는 양쪽에서 엄마의 손을 잡았다. 얼마

---

6 일반적인 원리와 법칙을 바탕으로 하여 특수한 원리를 이끌어 내는 추론법.

나 그리던 바다인가? 우리 가족에게는 보통의 바다가 아니다. '일생의 바다'인 것이다. 작은 행복이 밀려왔다.

오늘 여행은 엄마 아빠에겐 20년 만의 일이다. 방조제에서 바다를 보는 사람들의 생각이 저마다 다를 것이다. 파도는 계속 밀려오고 부서진다. 작은 외침이랄까? 작은 손짓이랄까? 우리가 느끼는 대로 말하고 손짓한다.

똥이는 저녁때 어떻게 엄마에게 사우나를 해드려야 하는지 고심하고 있었다. 철썩철썩 밀려오는 파도의 외침은 '시도해 봐. 할수 있어!'라고 말하는 듯했다. 그게 똥이의 마음이기 때문이다. 아빠도 똥이와 마찬가지로 마음속으로는, 어떻게 엄마를 위해 사우나, 때밀이, 그리고 안마까지 해줄 수 있을까? 계속 생각하고 있었다.

"아빠도 엄마 사우나 시켜 드리는 문제로 걱정하시지요?"

"그래, 똥이도 그러는 거 같아 보인다."

"아빠, 난 긍정적으로 생각하고 있어요."

"그건 아빠도 마찬가지야. 우리가 여행을 계획할 때 어려움이 있겠지만 도전해 보기로 했잖아!"

"네, 맞아요. 아빠! 제가 근처 휴양지에 있는 커다란 사우나에서 일하는 목욕관리사를 찾아가 직접 부딪쳐 보겠어요."

똥이는 먼저 사우나에 들러서 목욕관리사에게 엄마의 상태와 아빠, 그리고 가족의 바람 등을 알리며 자세히 상담했다.

"그런 문제라면 도와줄 수 있어요. 우선 휠체어를 목욕탕으로 밀고 들어와서 목욕대에 커다란 수건을 깔고, 그 위에 어머니를 눕히면 미끄러지지 않고 안전할 텐데."

목욕관리사는 우선 가족이 그렇게 해주면 기꺼이 서비스하겠다고 했다. 그런데 누군가 보조를 좀 해주어야 할 것 같다고도 덧붙였다.

"이런 때는 아들이 아니라 따님이 있으면 좋겠는데, 따님이 없으시다니 어떻게 한담?"

누가 도와줄 수 있을까? 그때 옆에서 이야기를 듣던, 카운터 보는 아가씨와 사우나실을 관리하는 중년 아줌마가 나섰다. 아직 고등학생인데 엄마 아빠를 위한 마음 씀씀이가 놀랍다며, 기꺼이 도와주겠다는 것이다.

"정말 고맙습니다. 저희 엄마에게 꼭 한번은 해드리고 싶었어요. 감사합니다."

똥이는 몇 번이고 인사를 했다. 참 고마운 분들이다. 똥이는 엄마가 느낄 기쁨을 생각하니 몸이 날아갈 것 같고, 입가에 미소가 떠올라 숨길 수가 없었다.

엄마는 사우나와 마사지, 그리고 안마까지 서비스받았다. 기분이 너무 좋아 보였다. 모처럼 엄마의 얼굴이 분홍색이다. 그 무엇

보다 잘했다는 생각이 들었다. 똥이와 아빠도 오랫동안 해수 사
우나를 했다. 오늘은 비길 데 없이 특별한 날이다. 저녁의 바닷바
람은 상쾌하고, 살갗에 와닿는 느낌은 간지럼을 태우는 아기 손
길 같았다.

아빠는 무슨 노래인가를 흥얼거렸다.

가슴을 열어 봐!
행복으로 가는 기차가 있어.
어둡고 우울한 기억은 초대하지 않을 거야!
슬픔에 젖은 내 마음 눈물 흘릴 테니까.
나의 희망은 울먹이고 아무 말이 없는데.
석양의 저 노을만이 내 마음을 만져 주네.

가슴을 열어 봐!
행복으로 가는 기차가 있어.
어제의 구름 뒤에 오늘의 햇빛이 있는 거야.
오늘은 어제가 아니야 내일로 가는 거야.
나의 희망은 웃음 짓고 기쁨을 노래하네.
슬픔엔 작별할 거야 돌아오지 않는다고.

바이 바이 바이~

바이 바이 바이~

슬픔엔 작별할 거야.

돌아오지 않는다고.

바이 바이 바이~

바이 바이 바이~

슬픔엔 작별할 거야.

돌아오지 않는다고.

바이 바이 바이~

바이 바이 바이~

바이 바이 바이~ .

다음 날 아침 새벽어둠이 채 가시지 않았지만, 해안에 낀 옅은 안개를 보니 날씨가 좋다는 것을 알 수 있었다. 우리는 일출에 맞춰 숙소를 나서 근처 '해 뜨는 마을'로 갔다. 마치 해가 바다에서 그대로 솟아오르는 듯한 착시를 주는 곳인데, 우리가 도착하니 멋진 일출이 펼쳐지고 있었다. 우린 휠체어에 앉은 엄마 옆에서 떠오르는 태양을 한동안 보았다. 거대한 에너지가 몸으로 다가올 것 같은 꿈틀거림을 보면서, 태양을 가져갈 수만 있다면 그 힘으로 엄마와 아빠를 치유하고 싶다는 마음을 뿌리칠 수가 없었다.

177

똥이에게는 작은 바람이 있다. 엄마 아빠가 자유롭게 걷고, 가족과 이야기를 나누며 소박한 저녁 한 끼를 같이하는 것이다. 불행이 어느 날 우리 가족에게 예기치 않게 닥쳤듯이 똥이의 바람도 갑자기 이루어지리라는 행복한 희망을 품어 본다.

차는 영덕으로 향했다. 우리 가족은 차창 밖의 풍경을 보는 것을 즐겼다. 한동안 아무 말이 없었다.

"아빠! 내 나름대로 할머니를 많이 알고 있다고 생각했는데, 어제 아빠의 이야기를 들으니 아빠의 생각이 더 깊고 넓다는 것을 깨달았어요."

"똥이도 그랬겠지만, 아빠도 평소에 할아버지, 할머니가 하시던 행동이나 말씀들이 생각이 나서 그런 결론에 도달한 거야. 지금은 나의 행동도 할머니 할아버지를 자연스럽게 닮아 가는 것 같아."

"아빠! 똥이도 그래요."

"아빠도 가끔씩 깜짝깜짝 놀라곤 해."

"난 할머니에게 영향을 많이 받았는데, 내 행동이 아빠에게 나타나는 것을 보고 신기하다는 생각이 들었어요. 내 행동은 할머니께서 하셨을 행동인 거지요."

"그래서인지 몰라도 '씨도둑은 못 한다'라는 말이 있어. 아빠는 할아버지에게도 많은 영향을 받았다고 생각해. 우리 가족에게는 할아버지의 생각이 흐르고 있어."

"아빠! 똥이도 그런 것을 느꼈어요. 할머니께서 할아버지 이야기를 많이 했거든요. 할아버지가 계시면 물어보고 싶은 게 하나 있어요. 그런데 그걸 아빠한테 물어보면 어느 정도는 할아버지 생각과 같다고 할 수 있겠죠?"

"야~기막힌 추리다."

"아빠 난 초등학교 때, 아빠는 장애인이고 엄마는 병원에 누워 있으니까 나는 왜 이렇게 태어날 수밖에 없었는지? 할머니가 나에게 잘해주셨지만, 엄마 아빠를 생각하면, 우리 집안은 불행하다는 생각을 참 많이 한 것 같아요."

"그랬구나. 똥이 마음 충분히 이해된다."

"아빠도 그런 생각을 하시지 않았어요?"

"왜 아니겠니? 아빠도 그런 생각이 많았지."

"아빠는 더 힘들었을 거라고 생각해요."

"여러 번 죽고 싶은 생각이 들었어. 내가 아는 친구 중에는 나만 두 다리가 없었으니까. 아이들이 뛰노는 모습을 볼 때는 너무나 부러웠어. 그리고 하느님이 계신다면, '도대체 왜? 나에게 이런 슬픔을 주시는가? 슬픔에 무슨 의미라도 있단 말인가?' 묻고 싶었어. 엄마, 아빠, 하느님에 대한 원망이 많았지!

아빠가 6살 때 사고가 났어. 지금 아빠 나이가 50이 넘었으니까 거의 50년간 그런 질문에 시달린 셈이지. 아마 하루도 빠진 날이 없었을 거야. 누구에게서라도 그 어디에서라도 답을 얻고 싶었지. 그렇게 고심하는 동안에 많은 생각을 하게 되었어. 나만 고통스러운가? 엄마 아빠는 나보다 더 고통스럽지는 않으실까? 하느님이 계신다면, 그분은 또 얼마나 고통스러우실까?

크면서 할아버지 말씀도 아빠에게 힘을 주었어. 할아버지는 늘 '우리 재우 다리는 다시 생길 거야.' 하고 말씀하셨거든. 할아버지는 그렇게 되는 것이 옳다는 믿음이었어. 아빠에게 일어난 사고는 부당함의 극치고 부당함은 온당하게 바로잡혀야 한다는 것이지. 다시 말하면 그렇게 되어야 옳다는 것인데, 할아버지 말씀은 윤리적이나 논리적으로 모순을 찾을 수 없었어.

어릴 때는 그 말을 믿지 않았는데 지금은 믿어. 아빠는 그게 죽기 전까지 이루어지지 않아도 그게 옳고, 그렇게 되는 것이 맞는다는 생각에는 변함이 없단다. 아빠는 그렇게 마음의 평화를 찾았어. 행복에 대해서도 나와 다른 사람 사이에 쳐진 담을 허물어서 나만, 내 것, 나 자신이 무엇이 되어야 행복하다는 생각을 버림으로써 행복에 대한 내 생각이 조정되었어.

난 뛰지 못해도 네가 뛰는 모습을 보니까 너무 좋다. 나는 건강하지 못해도, 네가 건강하니까 참 좋다. 그것이 내게도 힘이 된단다. 네가 행복해하니까 나도 정말 행복해. 그렇게 생각한 것이지.

중요한 것은 타인의 행복에서 나의 행복을 느껴야 한다는 거야. 그게 진정한 행복이라는 것을 알게 되었어. 행복은 상대적이며 지극히 개인적이고, 심리적인 거라서 외부적인 조건보다는 내적으로 키워 내야 할 마음 상태인 거야. 어쩌면 심성이라고 생각해.

행복은, 행복한 마음을 키우고 가꾼 사람이라야 느끼는 축복이라는 생각도 해. 그렇게 생각을 바꾸었더니 불행도 제대로 보게 되었어.

불행은, 불행한 사람이 키우는 허상 같은 거야. 자신이 만든 불행이라는 울타리에 자신을 감금하고, '불행의 이유'라는 먹이를 계속 주면서 키우는 괴물이라고 생각해. 자신이 만든 괴물이 자신의 우상이 되고, 자신을 지배하는 신념이 되어 살아간다면 그건 불행이겠지.

불행은 누구 때문이 아니야. 굳이 말하자면 많은 원인은 자신일 거야. 아빠도 한때는 많은 돈과 멋진 자동차, 높은 사회적 지위나 고급 아파트가 나의 꿈인 줄 알고 생활했어. 그런데 그게 우리 인생의 행복이고 꿈이라면 너무 슬퍼. 그것들은 인생의 액세서리 같은 것일 뿐 의미는 아니야.

가족이 함께하고 이야기를 나누며 마음을 넓히는 것, 함께한 작은 추억들이 소중하고, 희망을 잃지 않는 것, 가끔은 하늘을 보고, 산책과 사유를 즐기는 것이 행복이 아닐까 해. 이와 같은 것들은 앞에서 말한, 물질적 조건들이나 돈과는 별 관련이 없는 것들이지. 아빠는 요즘 행복이 따로 존재하는 것이 아니라 우리 곁의 일상에 늘 있다는 생각이 들어."

"아빠!"

"응, 아빠가 평소에 느끼는 이런저런 것을 말해 봤어."

"네, 아빠 이야기를 듣고 있으니 차분해져요."

"괜한 이야기를 한 건 아닌지 모르겠다."

"아니에요. 우리의 삶과 행복에 대해 통찰력이 생기고, 무언가 우리 인생의 본질에 접근해야겠다는 생각이 들어요."

"똥아! 너희 학교에 의족을 한 학생이 정우뿐이니?"

"음, 네, 그렇지요."

"아빠가 중학교 다닐 때 걷지 못하는 아이는 아빠하고 덕환이란 친구 두 명 뿐이었어. 그 친구는 단심실 심장병(SVHD)을 갖고 태어났어. 심실이 하나인 질환인 거지. 그렇다 보니 조금만 걸어도 숨이 차고 얼굴과 손이 파랗게 되었어. 그럴 때면 주저앉자 쉬어야 했지. 이 친구는 팔다리가 다 있어도 걷는 것이 너무 힘들었거든. 그런데 개심 수술을 한다고 해도 그 친구 말로는 앞으로 얼마밖에 살 수 없다는 거야. 그때 들은 이야기로는 30살을 넘긴 경우는 세상에 없다더라. 그 친구는 19살, 고등학교를 졸업할 때쯤 죽었어. 아빠는 그 친구가 했던 말이 가끔 떠올라. 그게 나의 소원이기도 했거든.

'재우야! 난 마음대로 걷고 싶은 게 꿈이야.'

'덕환아! 나도 그래. 우리 친구들은 그런 것은 꿈도 아니고 느끼지도 못할 텐데 말이야. 그게 우리의 꿈이라니. 그리고 그 꿈은 이룰 수도 없으니 말이다.'

무엇을, 어떤 것을 감사하게 생각하는지는 사람마다 다르지만, 감사하는 마음은 행복을 느끼는 촉수 같다고 생각해. 그 촉수가 고장 나면, 그게 행복인지를 모르는 거지. 그런데 사람들이 불행을 느끼는 촉수가 기형으로 발달해서 작은 것에도 너무나 예민하게 반응한다면, 그거야말로 자신을 정말 불행하게 만드는 것 같아. 실제 불행한 것은 아닐 수도 있는데 말이야."

"항상 감사하는 마음을 가져야 할 것 같아요."

"감사하지 않는 사람이 행복할 수 있을까?"

"늘 감사하는 마음, 그게 행복해지기 위한 중요한 조건이란 생각이 들어요."

"그래. 우리가 갖지 못한 것에 대한 불만보다는 가진 것으로 만족하는 마음이 중요하지."

"깊은 생각이 필요해요."

"똥아, 너는 아니?"

"네, 아빠?"

"아빠는 네게서 할아버지를 느끼곤 한단다."

"크~크~"

"똥이도 인정하는 거니?"

"아빠! 똥이가 벌써 애늙은이가 되었나 봐요. 친구들도 종종 그런 이야기를 해요."

"그렇구나."

"아빠, 고백할 게 있어요."

"고백이라니?"

"똥이는 엄마 아빠의 아들로 태어난 것을 자랑스럽게 생각해요."

"갑자기…."

"요즘 엄마, 아빠를 많이 생각해요."

"고마운 일이구나."

"엄마가 장애가 있는 아빠를 선택하셨잖아요. 그 마음에 숨겨진 박애랄까? 그런 것 말이에요."

"네가 엄마 생각을 읽은 것 같구나."

"또, 아빠가 엄마를 간병하면서 보여 준 헌신적 사랑 말이죠. 그게 가족이고, 엄마 아빠의 가르침이라고 생각해요."

"똥이가 어느새 다 컸다."

"그래서 말인데요. 똥이는 마음속 깊이 엄마, 아빠를 존경하고 있어요."

"똥아! 아빠는 너의 삶이 너에게 늘 축복이 되길 바란단다."

· 15 ·
천사의 키스

"아빠! 다 왔어요. 여기가 예약된 음식점이에요."

"안녕하세요? "

"네, 잘 오셨습니다. 똥이네 가족이시죠? 환영합니다. 멀리서 이렇게 오시느라 수고하셨습니다."

"네, 감사합니다."

음식점 사장님이 직접 나와서 환영해 주었다. 우리 가족은 차에서 내려 엄마가 탄 휠체어를 밀면서 음식점으로 갔다. 예약석은 잘 차려져 있었다. 우리 가족은 손을 씻고 의자에 앉았다. 그리고 맛있는 음식이 나오기를 기대하면서 기다렸다. 음식이 하나하나 나왔다. 아빠가 입을 열었다.

"이 음식은 신혼 초에 아빠가 엄마에게 약속했던 한 끼의 식사입니다. 아마 이맘때쯤 엄마와 TV를 보다가 대게가 나왔는데, 엄마가 '우린 언제 대게 한번 먹어 보나?'라고 해서 언젠가 대게를 먹게 해주겠다고 약속했는데. 그 약속을 꼭 지키고 싶었죠. 그동안 똥이가 태어났고, 다 자라서 함께 했기 때문에 이렇게 가능했다는 생각이 듭니다. 아내와 똥이에게, 자원봉사를 해주시는 기사님께도 모두 감사드립니다."

"네, 감사합니다."

"어서 드세요."

아빠는 대게의 살을 발라서 부드럽게 으깨 엄마의 입에 넣어 주었다. 따뜻한 국물도 그렇게 했다. 엄마는 오랫동안 조금씩 조금씩 맛있게 드셨다. 게 껍데기에 볶음밥을 담아서 먹기도 했다. 우리도 엄마의 식사 속도에 맞추어 게를 발라 먹었다. 똥이와 아빠는 엄마가 먹는 모습을 보면서 내내 즐거웠다. 모두가 정말 만족한 식사였다.

식사 후에는 똥이가 엄마의 휠체어를 밀면서 음식점 주위를 돌았다. 유난히 큰 개가 보였다. 똥이는 누렁이가 생각났다.

"엄마, 저 개가 누렁이와 비슷해요. 덩치며, 털 색깔이며, 순하게 생긴 것도 그런 것 같고요."

휠체어를 밀고 식당으로 오는데 그 개가 우리를 어슬렁어슬렁 따라오고 있었다. 슈퍼에서 소시지를 몇 개 사서 누런 개를 불렀다.

"워리~ 워리~"

개가 다가왔다. 소시지를 던져 주었더니, 맛있게 먹고 금세 입맛을 다신다. 한동안 그 모습을 바라보았다. 굶주렸나? 새끼는 배지 않았나? 개 주인은 있나? 슈퍼 주인에게 물어보니 개 주인은 누구인지 모르고, 저 개만 가끔 이곳에 온다는 것이다. 나는 소시지 몇 개를 더 사서 슈퍼 주인에게 맡기고 다음에도 몇 번은 더 주라고 부탁했다.

우린 차로 돌아왔다. 아빠는 가능하면 오늘 경포해수욕장 근처로 가서 숙박했으면 했다. 차가 주차장을 빠져서 나오는데 누런 개가 따라왔다. 손을 흔들어 주었다. 아빠가 말했다.

"똥이도 언젠가는 개를 키울 것 같구나?"

"네…. 누렁이 때문에 마음이 아프지만, 상처가 치유되면 키우고 싶어질 것 같아요."

해가 떨어져 어둠이 내려오고, 멀리 밤바다가 보였다. 엄마 아빠는 피곤해 잠이 든 것 같았다. 난 운전을 해주시는 자원봉사자의 말동무가 되었다.

시간은 어디로 흐르는지 꽤 오랫동안 지나왔다. 어둠 속 풍경은 수묵화처럼 묵직했지만, 은은한 잿빛 묵향기를 전하고 있었다. 어둠이 주는 묘한 감정이 내 마음을 차분하게, 때론 차갑게 더 깊은 심연으로 끌고 가서 빛을 더욱 갈구하게 하는 것 같았다. 그 향기는 낮에 보았던 창밖의 풍경처럼 펼쳐진 밝은 빛에 대한 그림자일까? 내일의 빛은 더욱 밝게 눈부심으로 다가올 거란 예감이 든다.

우리가 탄 승합차는 숙소에 도착했다. 오랜 시간 여행으로 모두가 피곤한 하루였다.

"아빠!"

"똥아, 오늘 아침부터 고생했다."

"모두 수고하셨어요. 엄마 아빠, 자원봉사자님도 정말 수고가 많으셨어요."

"모두 감사하구나."

"아빠! 오늘 주무시기 전에 한 가지 할 일이 있어요."

"어떤 일이니?"

"흰장미를 주문해 놓았거든요."

"그래, 똥이가 엄마를 위해 준비했구나."

"네, 장미 바구니가 밖에 도착했어요. 엄마가 잠들면, 아빠와 나는 모든 장미에 키스하고 탁자 위에 놓는 거지요."

"그럼?"

"그럼, 우린 멋진 꿈을 꿀 거예요. 난, 우리의 꿈을 위해 두 손 모아 기도하겠어요."

아침이다. 오늘은 어느 날보다 밝고, 맑은 해가 눈부시게 떠올랐다. 깊었던 어젯밤의 어둠은 어디에도 없었다. 햇볕이며 공기며 하늘의 푸르름까지 모든 것은 오늘을 위해 새롭게 준비해 놓

왔다는 느낌마저 들었다. 나는 엄마가 앉은 휠체어를 밀면서 아빠와 함께 경포해수욕장으로 가고 있다. 어제는 서해에서 동해로, 그리고 동해안 도로를 따라 강원도로 왔으니 참 많이 움직였다. 바닷물이 밀려오는 모래사장에 도착했다. 가능한 한 바다로 더 가까이 다가갔다. 바닷물과 모래가 엉기면서 딴딴한 곳이다.

휠체어를 밀기에 좋았다. 파도가 밀려왔다가 다시 밀려가고, 그런가 하면 또다시 밀려왔다.

"쏴~ 아~ 쏴~ 아~"

바닷바람이 불어오고, 확 트인 시야로는 파란 하늘에 떠 있는 흰 구름이 들어와 자유롭고, 하늘에 떠 있는 듯한 기분이 들었다. 아빠와 똥이, 엄마는 해변의 모래사장에 긴 자국을 남기며 천천히 느릿느릿 걸었다. 시간도 우리를 따라서 천천히 느릿느릿, 그렇게 멈췄으면 얼마나 좋을까? 우린 300m쯤 갔다가 돌아오고, 다시 가고 있다. 곧 서울로 돌아가야 하는 아쉬움 때문일까? 시간도 갔다가 돌아오고, 다시 갔다가 돌아오고 한다면, 그건 또 얼마나 좋을까?

"아빠! 우리가 여행을 마치고 집에 가면 다음 주부터 정우가 아빠의 보행을 위한 재활 훈련을 돕겠다고 했어요. 지난번에 오랫동안 진지한 이야기를 나누었는데, 1년 동안 꼭 그렇게 하고 싶대요."

"정우 학생이 그랬단 말이지?"

"네, 내가 정우한테 그렇게 해보라고 시킨 것이 아니에요."

"그게 시킨다고 할 수 있는 일이 아니지."

"맞아요. 정우가 자기의 재활 경험을 살려서 돕겠다는 거예요. 아빠를 보면서 아쉬움이 컸나 봐요."

"그랬구나…."

"장애인에게 재활 훈련은 마치 다시 주어지는 생명과 같다면서 꼭 잡아야 한대요."

"아빠가 뭐라 할 말이 없구나."

"네, 정우의 마음을 감사하게 받아들이는 게 좋을 것 같아요. 그러면, 정우가 무척 행복해할 거예요. 아빠도 목발을 벗게 되면 좋겠어요."

"그렇기는 하지만……."

"정우가 지난해 장애인 체전 후, 여기저기 다니면서 아빠가 겪은 사고와 현재 몸 상태를 상담하면서 작은 희망을 발견했나 봐요."

"정우 학생이 그렇게까지 준비했단 말이지."

"네, 정우가 갑자기 그러는 게 아니에요. 틈틈이 공부하고 생각하면서 도울 준비를 다 하고 나서 결심을 이야기한 거예요."

"참 고마운 일이구나."

"네, 정우는 볼수록 대단한 아이예요."

"정말 그렇구나. 정우 학생이 지금 고1 아니니?"

"네, 고1이에요."

"그럼, 부모님이 공부에 지장이 있다고 걱정하지 않을까?"

"아빠, 정우는 아빠의 재활이 무엇보다 급하다고 판단한 것 같아요. 그것을 한 해라도 미루는 것은 참을 수 없다고 생각했을 거고요. 아빠! 정우가 진로 계획도 벌써 다 세웠더라고요."

"놀랍네. 철저한 친구구나."

"네, 1년간 아빠의 재활을 돕고 하면서 충분히 생각해서 고2 때 진로를 정하겠대요. 정우 말로는 일단 방향을 잘 정하고 멈추지 않는다면, 좀 늦은 것은 문제가 아니래요. 장기적인 목표를 세우겠다던데요."

"정우 학생이 생각이 깊구나. 좋은 결과를 얻을 수 있다면 바랄 것이 없겠다."

"네, 저는 정우를 믿어요. 정우는 원하는 것을 기꺼이 해낼 거예요."

"그러면 좋겠다. 모든 게 잘 되겠지?"

"네, 아빠."

우리가 탄 차는 서울로 돌아가고 있었다. 한적한 곳에 차가 섰다. 똥이가 준비한 선물 때문이다.

"바구니의 흰장미."

아빠와 똥이는 흰 장갑을 끼고 조심스럽게 흰장미 바구니를 엄마의 품에 안겼다. 바구니에는 카드 하나가 달려 있었다. 똥이가 낭독했다.

"엄마에게 천사의 키스를 드려요."

엄마에게,

하얀 장미를 드리고 싶어요.

어젯밤, 아빠와 똥이는 마흔일곱 송이 하나하나에 키스했어요.

그리고 똥이는 기도했지요.

천사의 키스를 위해서예요.

정말, 천사가 꿈에 나타나 모든 꽃송이에 키스했어요.

잠든 엄마의 이마에도 그랬죠.

엄마의 삶이 너무나 소중하다면서 말이에요.

아빠와 똥이는 보았어요.

엄마를 위한 천사의 키스를….

우리의 차는 이내 출발해서 영동고속도로로 들어섰다. 팝송이
흘러나왔다.

"Let it be me"

아빠가 청혼할 때 엄마에게 불러 주었다는 노래다. 아빠가 그때
의 마음으로 준비한 것이리라.

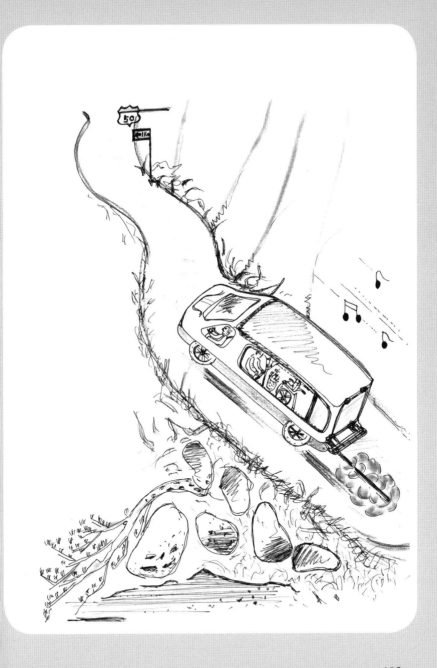

"I bless the day I found you

I want to stay around you

....

....

....

....

And that you'll always

Let it be me"

엄마의 눈에는 눈물이 흐르고, 아빠는 엄마의 손을 꼭 잡고 있었다.

"Let it be me"

노래는 언제까지나 멈추지 않았다.

· 16 ·
꿈의 해석

정우는 석동 아빠의 재활을 돕기 위해 학교에서 일찍 왔다. 우선 똥형 아빠의 의족 상태를 확인해 봐야 할 것 같았다. 그래서 똥형 아빠의 의족을 제작했다는 '설렘 의지연구소'로 향했다. 연구소장은 석동 아빠를 기억하고는 반갑게 맞아 주었다. 그리고 의족을 보면서 보행 훈련에 적합한지 기능에는 이상이 없는지 꼼꼼하게 살펴 주었다.

"소재와 기능, 의족 무게 등을 고려했을 때 더 나은 제품이 있습니다만, 가격이 만만치 않아요."

"네, 지금보다 더 좋은 제품을 구입할 여력은 없습니다. 재활 훈련하면서 가족과 상의해 봐야 할 것 같아요. 고3 학생도 있어서 앞으로 돈 들어갈 일들이 많거든요."

"네, 아무래도 그렇겠지요. 같이 온 학생이 고3 아들이신가요?"

"아니요, 우리 아들 친구입니다."

"알겠어요. 아들 친구가 의족과 재활 경험이 있으니까 함께 왔군요. 정말 고마운 친구네요."

"네, 너무나 고마운 친구예요."

"선생님은 오랫동안 목발에 의지해서 근육의 힘이 매우 부족한 상태입니다. 허리의 코어 근육, 엉덩이, 허벅지 근육, 소위 '파워하우스'를 재활 훈련으로 강화하셔야겠어요. 상체 무게도 10%는 줄여야겠습니다. 힘들지만 재활 훈련을 해가면서 더 나은 방법을 하나하나 찾아야 할 것 같아요."

"네, 이렇게 친절하게 말씀해 주셔서 감사합니다."

"선생님의 재활이 성공적으로 이루어져 부디 걷게 되시길 바랍니다."

집으로 돌아온 정우와 석동 아빠는 정우가 재활운동센터에서 배운 내용과 경험을 훈련에 적용하는 한편, 재활운동사에게 코치를 받으며 운동을 시작했다. 석동 아빠는 먼저 워커 보행기를 사용해서 발에 힘을 싣고, 균형을 잡고 걷는 연습부터 시작했다.

"한발 두발, 한발 두발, 한발 두발……."

"휴~"

"조금 쉬세요."

정우는 석동 아빠에게 힘을 주려고 구호를 붙였다. 몹시 힘들어하는 것이 보였다. 정우는 재활 훈련 일지를 쓰면서 하루하루의 노력이 1년 후 가져올 결과를 확인해 보려고 한다. 그리고 재활이 성공하기를 다짐하는 글도 썼다.

오늘은, 똥형 아빠가 재활 훈련을 시작한 첫날이다. 성서에 창조의 날들은 '저녁이 되고 아침이 되니'라고 선언되어 있다. '저녁'이라는 불확실한 어둠에서 시작된 날이 밝은 아침에 끝났듯이 석동 아빠의 재활 훈련도 어둠의 시작이다. 더욱이 결과를 쉽게 예측할 수 없다. 적잖은 어려움도 있을 것이다. 하지만 석동 아빠와 나는 그 어둠을 통과해 새벽빛을 보려 한다. 오늘, 우리의 '창조의 날'이 시작되었다.

정우는 매일 바쁘다. 재활 의학 서적을 읽으며 의족을 개선할 수 있는 아이디어를 얻기 위해 스케치도 하면서 밤늦게까지 공부했다. 집에서 재활에 필요한, 실용적인 기구도 만들어 볼 생각이다. 시중에서 적당한 운동기구를 사서 개조해 사용해 보면서 훈련 강도를 높이려고 한다. 의족 관리도 철저히 했다. 의족을 많이 사용하기 때문에 의족과 닿는 살갗이 짓무르지 않도록 의족 소독도 철저히 해야 했다. 모든 일이 그렇겠지만, 재활에서는 하루하루가 소중하다. 하루하루가 모여서 이틀, 나흘, 여드레가 된다. 그러니 하루하루 훈련 과정을 소홀히 할 수 없다. 훈련이 거듭될수록 석동 아빠는 근육 통증과 피로감으로 힘들어했다. 정우는 훈련 강도를 조절하면서 균형을 맞추기도 하고 고통스러운 순간을 넘기도록 격려하기도 했다. 그래야 성과를 기대할 수 있기 때문이다. 정우는 한결같은 정성을 쏟았다.

그렇게 몇 달이 지났다. 드디어 재활 훈련의 그 어둡고 암울했던 긴 여정에 빛이 보이기 시작했다. 석동 아빠의 보행 능력이 조금씩 개선되고 있음이 느껴졌기 때문이다. 다리에 힘이 실리고, 뱃살이 들어가면서, 몸에서 불필요한 움직임이 줄어드니 보행 자세도 좋아졌다. 그 결과에 맞추어 훈련량도 늘렸다. 매일 아침 정우가 와서 재활 훈련 시작을 함께했다. 점심때는 똥이 아빠 혼자서 훈련하고, 저녁에는 또 정우와 함께했다. 지루하고 힘든 재활 훈련 시간이 그렇게 지나가고 있었다. 정우가 함께하지 않았다면 석동 아빠 혼자서는 견디기 어려운 시간이었을 것이다.

정우는 재활 훈련 일지를 살펴보았다. 재활 훈련 기간은 하루하루 쌓이고 쌓여서 270일쯤 되었다. 똥형 아빠의 상태를 생각해 보았다. 똥형 아빠가 일상생활에서 목발을 벗을 정도가 되었다. 정우는 재활 훈련은 한 것만큼 결과가 따른다는 믿음이 더욱 굳어졌다. 정우는 오늘 재활 일지를 쓰면서 눈물이 맺혔다.

"오늘은 똥형 아빠가 당당히 걸었다. 나와 똥형 아빠가 만들어 낸 '창조의 날'에 새벽 어스름을 뚫고 나타난 빛이다. 지난날을 생각하니 눈물이 떨어져 종이 위에 번졌다. 창조의 날들 끝에 '하느님이 보시기에 좋았더라.'라고 기록된 것처럼 너무나 좋고 기쁜 날이다. 지금 이 순간에 무슨 말을 더 할 수 있겠는가?"

석동 아빠는 어려서 사고가 생겼기 때문에 재활 의지가 약했을

것이다. 엄마 아빠가 항상 함께하니까 혼자서 걷겠다는 의지도 부족하고 필요성도 별로 느끼지 못했을 것이다. 우선 목발이 편하게 느껴졌는지도 모른다. 어린 나이에 의족을 하고 밖에 나가는 것이나, 친구들을 만나는 것도 두려웠을 것이다. 정우는 자신이 그랬던 지난날을 떠올려 보면서 끝까지 돕겠다고 다짐해 본다.

"똥생!"

"응, 똥형! 무슨 일이야?"

"무슨 일이긴. 울 아빠의 변화가 정말 대단해! 아빠 스스로 놀랍다고 했어."

"처음에는 변화가 있을까 그랬는데, 놀라운 일이 생겼어."

"똥생이 시험 준비하듯이 생각하고, 방법을 찾으면서 열성적으로 도와주니까 변화가 생긴 거야."

"아니야, 아빠의 노력이 이룬 변화야."

"똥생, 너무 고마워. 혼자서는 절대 못 했을 거야."

"똥형! 아빠의 의지가 아주 강해. 난 그저 조금 도와 드렸을 뿐이야. 아빠가 변화한 것은 어떻게든 재활해서 아빠로서 가족에게 힘이 되려는 생각 때문일 거야."

"맞아. 우리 아빠가 그런 생각을 했을 거야."

"재활은 스스로 노력하지 않으면 성공하기 힘들거든."

"그런 동기를 갖게 한 것이 똥생 이야."

"똥형, 내가 재활의 중요성을 깨닫고부터는 밤에 자다가도 문득 아이디어가 떠올라 깨어나곤 했어."

"이번에 똥생의 노력이 컸어. 정말 큰일을 해냈어."

"똥형, 아빠는 왼쪽은 하퇴 의족, 오른쪽은 대퇴 의족이잖아? 난 왼쪽은 비장애고, 오른쪽만 대퇴 의족인데 정말 차이가 크다는 것을 느껴. 요즘은 '로봇 의족'에 대한 아이디어도 계속 떠올라. 하루에도 몇 번씩 그런다니까. 며칠 전엔 꿈도 꾸었어."

"똥생! 무슨 꿈이야? 어제 나도 알 듯 모를 듯한 꿈을 꾸었어."

"똥형은 무슨 꿈을 꿨는데? 나는 꿈에서 내가 몇 년을 연구한 끝에 새로운 기능이 추가된 로봇 의족을 개발했어. 기쁜 마음에 똥형 아빠를 찾아가 처음으로 보여 주었지. 그랬더니 당장 로봇 의족을 시험해 보겠다며 착용하고 이리저리 다니셨어. 그러고는 '어, 그것참 신기하네.' 하시더니 바로 뛰는 거야. 똥형 아빠는 이제야 튼튼한 진짜 다리가 생겼다며 좋아했어. 소원을 이루었다면서 말이지."

"똥생이 로봇 의족을 개발했단 말이지?"

"그렇다니까."

"야! 근사한데 그럴 줄 알았어. 똥생은 꼭 그렇게 될 거야."

"그럴까?"

"그럼! 난 믿어. 똥생은 기어코 해낼 거야."

"노력해 볼게."

"똥생의 마음이 느껴지는 것 같아."

"꿈이지만 너무 생생했어."

"알 것 같아."

"꿈에서 똥형 아빠가 하신 말 중에는 이런 것도 있었어."

"뭔데?"

"똥형, 잘 들어봐. 똥형 아빠는 뛰어다니다가 갑자기 할아버지 생각이 났던 것 같아. 똥형 아빠가 할아버지에게 물었어. '아버지! 이게 네 다리는 다시 나올 거라고 했던 그 다리예요?' 그때 할아버지가 무슨 대답을 하시는데, 거리가 멀어서 잘 들리지 않는 거야. 그러니까 똥형 아빠가 '아버지, 뭐라고요? 아버지, 뭐라고요?' 하더니 무슨 생각이 들었는지 아버지를 만나서 직접 물어보겠다며, 당장 걸어서 시골길을 가겠다는 거야. 내가 거기는 너무 멀다고 했더니, 아무리 멀고 시간이 걸려도 이게 진짜 당신 다리라는 것을 확인하고 싶어 했어. 그러면서 너무 긴장돼 땀이 난다며 물병을 하나 들고 시골로 걸어가셨어."

"와! 그랬구나! 똥생의 로봇 의족은 완벽했어."

"똥형이 꾸었다는 꿈은 무엇이야?"

"응, 아빠한테도 이야기하지 않았는데 똥생한테 먼저 말하는 거야. 아빠한테는 당분간 비밀로 해줘. 아빠가 자존심이 살짝 상할 수 있는 이야기니까."

"알았어."

"언젠가 자연스럽게 알게 되실 거야."

"그런 기회가 오겠지."

"어느 날 아빠가 중학생으로 돌아갔어. 똥생도 중학생이고. 학교에서 장애인 달리기가 있었는데 똥생과 아빠가 달리기 경쟁을 하는 거야. 똥생은 순위권에 들고, 우리 아빠는 꼴찌를 했어. 아빠는 울면서 집으로 갔는데, 엄마 아빠가 그 모습을 보고, '재우야! 왜 그렇게 힘이 없어 보이니?' 하니까 달리기 대회가 있었는데 정우한테도 지고 꼴찌를 해서 슬프다는 거야. 할머니가 그 말을 듣고 방금 너희 학교에서 전화가 왔는데, 사람들은 항상 일등에게 상을 주는 것은 알지만 누가 일등이 되는지, 그런 규칙은 알리지 않았다고 하면서, 이번에는 꼴찌에게 상을 주기로 했다는 거였어. 그러니까 꼴찌가 일등이 되는 경기지.

경기 규칙을 먼저 말하는 것이 원칙이지만, 이 규칙을 먼저 말한다면 모두가 꼴찌를 하려고 들 테고. 그러면 경기가 끝날 수 없기에 여러 이유로 경기를 마치고 나서야 말하는 것으로 정한 거래. 그런데 지금 경기 우승자가 없어져서 난리가 났다는 거야. 학교에서는 할머니께 제발 아들을 빨리 보내 달라고 통 사정하였고, 그래서 아빠는 상을 받으려고, 할머니 할아버지와 함께 학교로 뛰어가는데 아빠가 엄청난 속도로 뛰어가더라고. 그것을 보고는 할아버지가 '재우야! 재우야! 네가 그렇게 빨리 가면 넌 가짜 우승자가 돼. 천천히 가야지.'라고 소리쳐서 내가 '네~ 네~, 어~ 어~ 그게~ 맞네요.' 하고 대답하다가 꿈에서 깨었어."

"음~"

"똥생! 이게 무슨 꿈이야?"

"똥형! 음, 분명한 것은 그것이 꿈이라는 거네."

"그러니까 그게 뭐냐고."

"아마 아빠에게 나쁘지 않은 일이 생길 것 같아. 반전이랄까?

그런 거 말이야."

"크~ 정말."

"시간이 지나면야 알게 되지 않을까? 하는 생각이 들어."

"똥생 우리 한번 기대해 보자!"

연말이 다가오고 있었다. 똥이는 올해 대학수학능력시험에서 최상위권 성적을 냈다. 똥이는 대학 두 곳의 정시 모집에 지원했고, 논술과 면접만 보면 내년 2월쯤 합격 여부를 알 수 있을 것이다. 석동과 정우는 이때를 이용해 아빠 재활에 더욱 관심을 기울였다. 이제 아빠의 보행 능력은 훌륭해졌다. 그리고 보면 정우는 아빠의 재활을 돕겠다는 약속을 지켰다. 정우가 A4 용지에 꼼꼼하게 기록한 재활 일지는 300매를 넘었다. 그리고 그동안 의족에 대한 아이디어를 메모하고 그림으로 그린 노트도 두 권이나 생겼다.

"내가 이렇게 많은 기록물을 남겼다니 믿어지지 않네."

정우는 재활 일지와 아이디어를 메모한 노트를 보면서, 노력의 결과물이란 생각에 뿌듯함을 느꼈다.

"똥형! 저…."

"똥생 뭐야?"

"아빠가 날 염려했다며?"

"그래 재활이 똥생의 공부 시간을 빼앗는다고 생각한 거지."

"나의 장래를 망칠까 봐 그러신 거겠지?"

"그럼, 고등학생이 1년간 공부는 안 하고 다른 것을 한다는데 걱정이 안 되겠니?"

"똥형! 나는 학교 공부 이상으로 많이 공부했어."

"난 똥생을 믿었어."

"재활훈련과 장애인의 의족에 대해서 정말 많은 것을 알게 되었어. 그동안 난 의족을 차고 있었지만 잘 몰랐었거든. 재활 일지를 쓰면서 생각하고 또 생각하고 나서야 의족을 알게 됐고, 그때야 비로소 개선할 점이 눈에 보였어. 지난 1년간은 시간을 갖고 여러 가지를 생각할 수 있었던, 중요하고 좋은 기회였어. 다시 올 수 없을 거야. 전에 똥형한테 이야기한 것처럼 이제 진로를 정했어."

"정말이야? 뭔데? 잘됐네."

"로봇공학 어때?"

"로봇공학?"

"응, 그러니까 로봇 의족을 연구하고 싶어. 그리고 재활을 알지 못하면서 로봇 의족을 연구하는 것은 뭔가 부족하다는 느낌이야."

"똥생이 많이 생각했구나."

"그래서 재활 의학도 함께 공부할 거야. 그러고 보면 난 벌써 1년 전부터 치열하게 공부하기 시작했어. 똥형 아빠와 함께한 시간은 말할 수 없이 소중한 기회이자 축복인 거지, 뭐."

"난 똥생이 의미 있는 생각을 할 거라 믿어 의심치 않았어."

"똥형! 그리고 보니 나의 오른쪽 의족은 보물과 같아. 난 대단한 연구소를 몸에 지니고 다닌 거였잖아. 10년 이상 의족을 체험하고, 직접 고통을 느낀 베테랑 연구자란 생각이 들어. 생각해 봐. 장애가 없는 사람이 멀쩡한 다리를 자르고 의족을 신고 연구할 수 있을까? 쉽지 않겠지?"

"똥생, 그건 불가능할 거야."

"그런 생각을 하니까 비록 마음 아픈 사고였지만 나의 경험을 소중하게 여기고 싶어. 나도 똥형처럼 의미를 찾고 싶거든."

"난 요즘 똥생을 보면서 깨닫는 게 많아."

"똥형이 내가 할 말을 대신하는 것 같아."

"아니야. 내가 느끼는 게 많다니까. 우리 시골에 가면 동네 마을 회관 옆에 두레박을 달아 물을 긷는 깊은 우물이 있는데, 아무리 가물어도 그 우물은 마르지 않았어. 동네 사람들에게 귀중한 보물이지. 똥생이 바로 그 깊은 우물과 같다고 생각해."

"홍"

"웃기는."

"똥형은 더 깊은 샘물이야. 더- 더- 뭐랄까? 똥형은 The와 More의 이중성을 모두 갖추었어."

"홍"

"진짜야."

"똥생! 요즘 울 아빠 걷는 것이 아주 자연스러워. 걸음마를 배우는 아이처럼 즐거워하시곤 해 다리가 새로 생긴 기분이래. 그러면서, '장애는 부당한 것이고 네 다리는 다시 생긴다.' 했던 할아버지 말씀은 참이었다며, 행복해하는 모습을 보니까 나도 너무 좋아. 정말 신기해."

"정말, 다행이지, 뭐."

"그제는 장애인 체육대회라도 나가고 싶다고 하셨어."

"오! 그래?"

"그렇다니까."

"그게 똥형이 전에 꾸었다는 '꿈의 해석'일까?"

"그럴까? 달리기 말이지? 언젠가 우리 아빠와 똥생이 달리기 한판을 해야 될 것 같다."

"달리기 한판? 좋지! 뭐."

"그래야 내가 아빠한테 꿈 이야기를 할 수 있지 않을까 해."

"크~ 똥형! 그러면 이 똥생이 꼴찌 할 거야."

"뭐야. 그럼 말이 안 되잖아! 똥생이 내 꿈을 개꿈으로 만들 거니?"

"똥형, 걱정 마!"

· 1 7 ·
마음의 강

오늘은 대학들이 정시 합격자를 발표하는 날이다. 똥이는 합격자 발표 시간에 맞추어 대학교 사이트에 접속했다. 똥이의 수험번호는 최종합격자 명단에 있었다.

"오석동."

똥이는 의예과에 합격했다.

"엄마, 아빠, 똥이 합격했어요."

"똥이 고생했다."

"엄마, 아빠도 똑같이 힘드셨어요."

아빠가 엄마에게 말했다.

"똥이가 의사가 되어서 당신 병을 꼭 고치고 싶대요."

"흐~~~~~"

"아빠! 엄마 좀 보세요. 무슨 말을 하려는 것 같아요."

"으~~응~~~ 사~~."

"무슨 말을 하려는 것 같은데요."

"똥이가 앞으로 의사가 된대요."

"의~~ 스~~."

"아빠! 엄마가 '의사'라고 했어요."

"여보, 똥이가 의사가 되어서 엄마 병도 고치고, 엄마와 이야기하고 싶대요."

"으- 스-"

"네, 의사가 된대요."

"아빠! 엄마를 일으켜 보세요. 상체를 세워 보세요."

"의-샤, 조금 더."

"지금 엄마가 말하고 싶으신 것 같아요."

"그래 얼마나 답답하겠니?"

"아빠! 엄마의 손이 움직이고 있어요. 확실히 느껴져요."

"똥아, 기적 같은 일이구나. 똥이 나이만큼 병상에 누워 있었는데 말이다."

아빠도 엄마의 손을 잡았다.

"똥아, 아빠도 미세한 움직임이 느껴져. 엄마가 움직일 수 있다면, 무엇을 더 바라겠니?"

"똥이도 그래요."

엄마는 감정이 북받쳐 계속 흐느꼈다. 엄마의 얼굴에는 눈물이 흘러내리고 있었다.

"그~~~마."

"……."

"그~~~마."

"고맙다고 하신 것 같아요."

"그래, 그렇구나."

아빠는 똥이를 다독여 주었다. 아빠와 똥이도 눈물을 흘렸다. 엄마가 누워 있는 침대가 계속 흔들렸다. 엄마의 상체가 움찔움찔했다. 똥이는 엄마의 손을 잡고 안아 주었다. 엄마가 날 안아 줄 수만 있다면, 이 순간 얼마나 그랬을까?

침대가 흔들린 것은 그런 것이었을 것이다. 똥이는 엄마와 같은 환자를 돕겠다던, 첫 각오가 더욱 새롭게 느껴졌다.

똥이와 아빠는 생각했다. 할머니와 할아버지가 계셨다면 기뻐하셨을 텐데. 가슴이 먹먹해지고 그리움이 몰려왔다. 똥이는 할머니, 할아버지의 산소에라도 가볼 생각이다. "할머니가 보고 싶어요." 똥이는 작은 소리로 울먹이고 있었다.

며칠 후였다. 똥이는 대학에서 온 합격통지서를 받는 순간 하얀 의사 가운을 입은 자신의 모습이 떠올랐다. 하지만 똥이의 기분은 이내 가라앉았다. 통지서를 받았을 때 뭔가 무거운, 그러나 알 수 없는 상자를 받아 든 듯해 기분이 묘했기 때문이다. 똥이가 그 비밀스러운 상자를 열어 본다는 것은 이제 환자들을 책임져야 한다는 느낌으로 다가왔다. 이제 똥이는 그 상자를 열어 기꺼이 책임을 지려고 한다.

똥이는 책상으로 가서 앉았다. 계획표에는 '뇌졸중 관련 소설 몇 권 읽기'가 적혀 있었다. 뇌졸중 환자와 그 가족을 이해하고 싶어서였다. 하지만 무엇보다 그들에 대한 심리적 이해가 앞으로를 준비하는 데 큰 도움이 되리라는 생각 때문이다.

우리 가족도 아빠의 이해와 헌신적 도움이 없었다면, 엄마의 중증 뇌졸중을 견딜 수 있었을까? 그럴 수 없었을 것이다. 똥이는 아빠의 희생에서 많은 것을 느꼈다.

똥이는 이런저런 생각 중에 민욱이가 마음에 걸렸다.

내일은 민욱이가 아르바이트하는 편의점에 가기로 한 날이다. 지난번에 통화하다가 민욱이가 꼭 가고 싶은 대학의 문예창작과에 지망했는데 떨어졌다는 것을 알았기 때문이다. 민욱이가 포부도 있고 결심도 대단한 만큼 원하는 대학에 꼭 합격하길 바랐는데 아쉬웠다. 똥이는 케이크를 하나 사고, 은행에 가서 그동안 정우와 함께 모아 두었던 233만 원을 찾았다.

"민욱아! 오석동이야."

"잘 지냈지? 석동아! 정말 축하한다. 내가 합격한 것보다 더 기쁘다. 정말이야. 고등학교 때 헤어지고 우리가 몇 번째냐?"

"음, 정우 장애인 체전 때하고, 지난 봄 방학 때 길에서 잠깐 보고 헤어진 것이 다지 뭐."

"그래, 석동이 너라도 합격했으니 위안이 된다. 모두 붙었으면 좋았겠지만. 난 알바해서 입학금도 조금 더 준비하고, 부족한 과목도 공부해서 내년에 다시 도전해야지."

"네가 나와 다른 고등학교로 진학했지만, 그동안 관심 갖고 지켜보았어. 민욱아! 넌 해낼 거야. 그리고 네가 했던 말 있잖아. 사회복지사도 보람 있겠지만, 글이 가지고 있는 힘이 더 많은 사람에게 도움이 될 거라는 생각은 지금도 그대로인 거야?"

"응, 그대로야. 석동아! 내가 떨어진 것은 하나도 슬프지 않아. 내년이 있잖아. 벌써 새 힘이 생겨나고 있어. 오히려 석동이 네가 떨어졌다면 난 무척 슬펐을 거야. 넌 꼭 합격했어야 할 형편이라는 것을 알거든."

"나도 공부하다가 민욱이가 자주 생각났어. 너의 재능이 언젠가 어둠을 밝히는 빛이 될 거야."

"고맙다."

"전에 네 이야기 듣고 생각해 보니 너의 아빠 고향이 우리 시골일 거란 확신이 들어. 그리고 우리 시골에서 너희 엄마가 민욱이 너를 임신했던 것 같아. 그래서 시골을 떠났을 거야. 너와 내가 나이가 같고, 태어난 때를 보면 더욱 그렇게 생각이 돼. 그리고 너의 아빠가 먹이를 주던 떠돌이 개가 있었는데, 너희 아빠와

214

엄마가 시골집을 떠나고 나서 그 개가 새끼를 낳았대. 그중 한 마리를 돌아가신 우리 할아버지와 할머니가 데려와 키웠거든. 털이 누래서 '누렁이'라는 이름을 지어 주었는데, 내가 할머니 댁에서 자랄 때 누렁이는 나의 친구이자 달리기 파트너였어. 우리 할머니가 돌아가실 때까지 누렁이가 아들처럼 우리 할머니 옆을 지켜 주기도 했어. 누렁이는 어려울 때 우리 가족에게 큰 힘을 주었지. 정말 고맙고, 축복이었노라고 말하고 싶어. 그런 누렁이가 재작년에 죽었는데 지금도 눈에 어른거려."

"석동아! 시골에 갈 때 언제 한번 같이 가자."

"그래 좋아. 민욱이 너 알바 시간 조절해서 같이 가자. 시골에 큰 강도 있고, 누렁이에 관한 이야기도 할 게 많아."

"석동아! 내가 지금 잃어버린 고향을 찾은 느낌이다."

"민욱아, 이거 받아 줘."

"그게 뭐야?"

"네가 대학에 합격하면 등록금에 보태라고 그동안 정우와 함께 모은 거야. 용돈도 절약하고 알바도 조금하고, 옆집 중학생 과외도 조금 하면서 모았어. 네가 중3 때 〈달달회〉를 정리한다고 했을 때, 정우하고 나도 앞으로 힘을 보태겠다고 했잖아. 정우도 오늘 오려고 했는데, 어제저녁에 먹은 것이 문제였나 봐. 복통과 설사가 있다고 다음에 꼭 보자고 했어. 항상 민욱이 형의 성공을 응원한다고 하면서 마음을 전해 달라고 했어. 민욱아! 그냥 받아 줘. 넌 나에게도 정우에게도 무언의 희망을 주었어. 이렇게 주는 우리 마음이 얼마나 기쁜지 몰라. 민욱이 네가 우리에게 이런 기회를 주어서 고맙다."

"그래, 고맙다. 이렇게 많은 돈을…. 네게도 정우에게도 큰돈일 텐데."

"민욱아! 받아 주어서 고맙다. 정우하고도 이야기했어. 더 주고 싶은 것이 우리의 마음이라는 것을 전하고 싶어."

"석동이하고 정우, 너희의 이런 마음 정말 잊을 수 없겠다. 눈물이 나온다."

"민욱이 네가 그러니 나도 눈물이 난다, 정우 배탈이 나으면 한번 만나자."

"그래, 그러자!"

민욱이가 말은 안 했지만, 알바를 하면서 〈달달회〉에서 있었던 일들에 대해 피해보상을 하느라 공부할 시간이 없었나? 중학교 때 민욱이는 머리가 비상해서 충분하게 합격할 수 있었을 텐데. 중1 때 민욱이가 계획한 일을 보면, 무언가 엄청난 일을 꾸미고 있는지도 모른다는 생각도 들었다. 자기 이름의 작은 장학재단을 만들기 위해 돈을 모으는 중일까? 고3이 자기 이름의 장학사업이라…. 그건 상상 이상인데? 그동안 무언가 재미난 책이라도 한 권 썼나?

아무튼 민욱이가 허투루 시간을 보내지는 않았으리란 생각이 들었다.

"민욱이가 잘 헤쳐 나가겠지."

똥이는 혼잣말을 하고 있었다. 민욱이가 잘하겠지? 그렇게 믿고 싶은 마음이다. 집으로 오는 내내 지난 일들을 되새겼다.

다음 날이었다. 똥이는 담임 선생님을 찾아갔다. 그리고 학교 친구들도 몇 명 만났다. 모두가 똥이를 진심으로 축하해 주었다. 그렇게 금세 며칠이 지나갔다.

일요일, 저녁 식사를 하고 난 후였다.

똥이가, 아빠가 좋아하는 커피 믹스를 타고 있는데 숙자 누나에게서 전화가 왔다.

시골 할머니 댁에서 초등학교에 다닐 때 숙자 누나를 몇 번 본 적이 있었다. 숙자 누나는 똥이를 알고 있었다.

"똥이니?"

"네, 안녕하세요."

"누나 기억나니?"

"그럼요, 시골 할머니 댁에서 초등학교 다닐 때 누나를 몇 번 봤어요."

"그렇지! 시골 엄마한테 전화가 왔는데 똥이가 의대에 합격했다고 하더구나. 정말 축하한다."

"네, 감사합니다."

"아빠하고도 통화할 수 있을까?"

"네, 바꿔 드릴게요."

아빠와 숙자 누나는 오랫동안 이야기를 나누었다. 숙자 누나는 아빠에게 똥이의 의대 합격을 축하한다는 인사를 전했고, 그동안 똥이 엄마 병문안을 두어 번밖에 못 해서 죄송하다고 했단다.

시간이 조금 지나자 숙자 엄마한테서 전화가 왔다. 숙자가 부탁한 것이 있다고 한다. 숙자가 금년 5월 21일에 결혼하는데 신랑도 숙자 누나처럼 근처 섬에서 근무하는 교사라고 했다. 결혼식은 따로 하지 않고 등산을 좋아하는 예비 신랑과 경기도에 있는 인연산을 등산하면서, 유명한 철쭉 구경을 하는 것으로 결혼식을 대신하기로 했단다. 서울에 있는 호텔에서 신혼 첫날밤을 보내고, 똥이네 집에 잠깐 들렀다가 시골 엄마 집으로 가서 또 하루를 지낸 후, 부산 신랑 집으로 가서 이틀을 보낸 다음 학교로 돌아가겠다고 한다. 숙자 엄마의 말은, 숙자와 신랑이 그런 결정을 했으니, 똥이 집에 오는 것을 허락해 달라는 것이다.

그리고 숙자와 신랑이 결혼식 비용으로 800만 원을 모았는데 그 돈을 똥이 입학금으로 써달라며 벌써 자기에게 보내왔다고 했다. 숙자 엄마는 '숙자야! 넌 내 딸이다. 잘했다!'라고 했더니 숙자

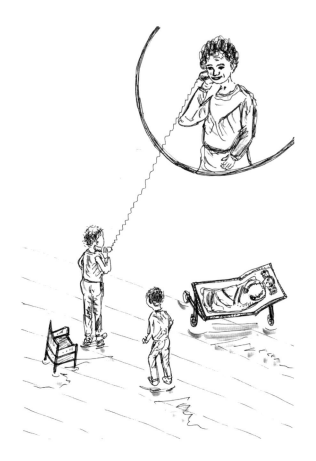

가 좋아라며 신랑한테도 이야기하겠다고 했단다. 그러면서 숙자 엄마는 숙자가 일방적으로 결정했지만, 많은 생각을 한 것이니, 그런 마음을 받아 달라고 했다.

아빠와 나는 아무 말도 할 수 없었다. 전화 통화 후에 아빠는 한동안 밖을 보면서 생각에 잠겼다. 아빠는 다 식어버린 커피잔을 들어 입에 대셨지만, 마치 뜨거운 커피인 듯 마시지 못하고 그냥 내려놓았다.

밖은 짙은 어둠이 깔렸다. 작은 불빛들은 주위의 어둠만큼 더욱 밝게 빛나고 있었다.

오늘은 똥이가 할머니 산소에 가기로 한 날이다.

정우가 함께하겠다고 왔다. 버스는 도시를 빠져나가면서 한적한 곳으로 향하고 있다. 겨울을 지난 논과 밭은 텅 비어 있다. 그동안 사람들이 저곳에 논과 밭이란 이름을 붙여 놓고 얼마나 많은 생산을 강요했을까? 힘들었겠지? 얼마나 지쳤을까? 얼마나 쉬고 싶었을까? 논과 밭이 쭉 누워서 휴식을 취하고 있다는 느낌이 들었다.

"그래, 너희들 열심히 쉬어라."

아침에 흐렸던 날씨가 맑게 개면서 하늘은 밝게 빛났다. 똥이는 하늘이 이렇게 아름답다는 것에 새삼 놀랐다. 파란 바다가 하늘에도 있다니! 아니지, 그것보다는 블루 토파즈가 하늘 전체라고 느껴졌다.

버스는 할아버지 동네 앞에 멈췄다. 석동과 정우는 곧장 산소로 향했다.

"똥생! 민욱이도 함께했으면 좋았을 거란 생각이 들어. 우리 시골이 민욱이 아버지 고향인 것 같거든."

"그래? 전에 똥형한테 대충 이야기는 들었지만, 확신이 가는 거야?"

"그럴 거야, 틀림없어. 민욱이 알바 시간 조절해서 여름쯤 같이 오면 좋겠다."

"똥형! 재미있겠다. 우리 같이 계획해 보자."

어느덧 석동과 정우는 산소에 도착했다. 똥이는 할머니 할아버지에게, 어릴 때 사랑으로 키워 주신 일, 하나하나 일러주신 생각, 모든 게 감사하다는 마음을 이야기했다. 또 의예과에 합격한 사실과 정우가 '똥이'의 '똥생'이 되었다고 소개하는 것도 잊지 않았다. 좋은 '동생'을 얻었고, 형보다 나은 동생이 없다지만, 정우는 정말 형보다 나은 동생이라고도 했다.

"똥생, 우리 누렁이 봤지?"

"누렁이가 똥형네 집에 왔을 때 잠깐 보았어."

"여기가 그 누렁이 묻힌 곳이야."

"그때 보니까 먹이에 대한 본능을 잃은 것 같았어. 병에 걸리거나 죽기 전이 아니라면, 동물에게 그런 일이 있을 수 있을까? 생각했는데… 그렇게 되었구나."

"그래, 그리고 하루 이틀쯤 있다가 이곳으로 와서 죽었어. 한쪽 눈이 보이지 않는데, 어떻게 200km나 되는 먼 길을 달려왔는지 몰라. 세상에는 우리가 이해할 수 없는 일들이 종종 있어. 그렇지 않니?"

"맞아, 우리 이해의 영역 저편의 일이라고나 할까, 아니면 우리의 이해를 기다리는 일이라고 해야 할까? 뭐 그런 것들 말이지!"

"그래 그런 일을 접하면, 우리의 능력이나 생각이 한없이 초라하게 느껴져. 잠시나마 우리를 겸손하게 해주는 것 같아."

"지금 생각해도 그때의 나 자신을 이해할 수 없어."

"무슨 일?"

"내가 똥형을 처음 만난 날이 그랬어. 늘 우울하고, 오랫동안 어둠에 갇혀서 죽음만을 생각하고, 죽음 언저리서 주검으로 한발 한발 다가가고 있을 때였거든. 입을 닫고 살던 내가 어떻게 말문이 터져서 이야기를 시작했는지 기억나지는 않지만, 그때 뭔가 따뜻함이 내게 다가온다는 것을 느꼈어. 그 따뜻함이 뭘까 생각해 보면, 그것은 똥형이 건네는 말이었을 거야. 아니면 알 수 없는 그 무엇이었는지도 몰라. 똥형의 말과 느낌은 무엇인가 달랐어."

"그때 난 똥생을 보면서 아빠 생각이 났던 것 같아. 진실한 마음, 할머니 생각, 그리고 얼마의 측은지심이 있었을 거야."

"똥형은 내가 아는 한, 세상에서 가장 멋진 달리기 선수야."

"똥생! 그건 내가 하고 싶은 말이야. 장애가 있는 똥생의 달리기는 세상에서 가장 아름다운 달리기야. 아무도 흉내 낼 수 없어.

똥생은 린치핀(Linchpin)[7]이야."

"똥형! 무슨 말 하는 거야?"

"똥생! 똥생은 작년 한 해 너무 빨리
달린 것 아니야?"

"똥형은 더 빨리 달렸잖아. 과속
딱지가 날아올 거야."

정우와 석동은 저만치 흐르는 강을 내려다보고 있었다.

"똥생! 저기 강이 보이지! 우린 저 강을 '할아버지 강'이라고 불
렀어. 우리 할아버지가 미역 감고, 썰매 타고 낚시하시던 곳이지.
할머니는 저 강을 '할아버지의 젊은 날'이라고도 하셨어. 나도 저
강에서 이곳 아이들하고 어린 시절을 보냈고."

"똥형, 강을 보면, 난 어릴 때 외삼촌 댁에서 놀았던 일들이 떠
올라. 저렇게 큰 강은 아니지만, 그곳에서 고무보트 타며 물놀이
하고, 수박도 깨서 먹고, 물고기도 잡고 했거든. 여름 한 철이 정
말 재미있었어."

"똥생도 강에 대한 재미 난 추억이 있구나."

"응, 그런데 그게 다 내가 초등학교 때, 아빠 공장에서 사고가

---

7 본래 마차나 수레, 자동차의 바퀴가 빠지는 것을 막기 위해 축에 꽂는 핀을 가리
   키나, 비유적으로 대체 불가능한 '핵심 인물'이라는 뜻으로 사용한다.

나기 전까지 일들이야."

"똥생, 참 마음이 아프다."

"그래도 똥형을 만난 것을 다행으로 생각해."

"똥생, 똥생이 사고가 안 났어도 똥생과 난 어떤 이유에서라도 만났을 거야. 우연 같은 필연으로 말이지."

"그럴까?"

"우리 할아버지가 사람에게는 '마음의 강'이 있다고 늘 말씀하셨대. 어릴 때는 몰랐는데 점점 그 말씀이 다가와. 우리의 머리에는 의식이 떠다니는 '생각의 구름'이 있고, 가슴에는 감정이 흐르는 '마음의 강'이 있다는 거야. 그런데 머리에 아무리 많은 생각이 떠다녀도, 결국은 마음이 움직여야 행동하게 된다고 하셨대. 사람에게는 그 '마음의 강'이 흘러야 애틋한 감정이 생겨 서로를 보듬고, 위로하면서, 이타심으로 살아갈 수 있다는 것이지."

"똥형! 그 강은 마음에서 마음으로 흐르는 강이겠지? 난 똥형이 지금까지 내게 보여 준 순수한 감정이 그렇게 흘러왔다는 것을 느꼈어. 똥형은 내게 아무것도 바라는 것이 없었지! 바라는 것이 있었다면 그것마저 나를 위한 거였어. 그런 감정이 내게로 흘러들어 가슴을 흔들고 마음을 파고든 거야. 똥형은 내 '마음의 강'을 흐르게 했어. 그건 내 인생에서 중요한 계기였고, 난 생명으로 부활했어."

"똥생도 그런 '마음의 강'은 있었을 거야."

"맞아! 내게도 '생각의 구름'은 있었지, 하지만 자유롭지 못했고, '마음의 강'도 있었지만 흐르지는 않았어. 난 그저 죽은 사람이었으니까."

"똥생! 강이 없다면, 대지는 메말라 사막이 되겠지? 작은 풀 한 포기라도 키워낼 수 있을까? 사람들에게 '마음의 강'이 흐르지 않는다면, 인생도 그럴 거야. 강은 모든 것을 수용하고 넉넉히 베풀고도 말하지 않음으로 깊은 여운을 남기지. 우리도 그러해야 하지 않을까 생각해!"

석동과 정우는 천천히 산에서 내려오고 있었다. 서편의 붉은 노을이 강에 비쳤다.

"똥형! 저 '할아버지 강' 좀 봐!"

"와, 한 폭의 그림 같구나."

"정말 멋지네요."

"어쩜……"

"!"

"똥생!
밤에는 저 강에
달이 내려오고. 또, 별들도
내려온다지. 그건 전설이 아니야. 어쩌면,
그것은 사람들의 이야기
일 거야."

"똥형!
'마음의 강'이
흐르는 삶의 이야기 말이지?"
"그렇지, 그거야말로
인생이   그리는

가장 황홀한 그림이지 않을까?
인생은 말할 거야. 그게 인생이고 예술이라고…."

강에 비친 저녁놀은 붉게 더 붉게 타오르고 있었다.

땡형 땡생

초판 1쇄 인쇄 2023년 04월 21일
초판 1쇄 발행 2023년 05월 02일
지은이 이승호

펴낸이 김양수
책임편집 이정은
편집디자인 안은숙
교정 강민

펴낸곳 도서출판 맑은샘
출판등록 제2012-000035
주소 경기도 고양시 일산서구 중앙로 1456(주엽동) 서현프라자 604호
전화 031) 906-5006
팩스 031) 906-5079
홈페이지 www.booksam.kr
블로그 http://blog.naver.com/okbook1234
포스트 http://naver.me/GOjsbqes
이메일 okbook1234@naver.com

ISBN 979-11-5778-603-9 (43800)